ANNA LIVIA PLURABELLE

JAMES JOYCE

FINNEGANS WAKE

ANNA LIVIA PLURABELLE

CAPÍTULO VIII / LIVRO 1

TRADUÇÃO:
VINICIUS ALVES

KOTTER
EDITORIAL

Coordenação editorial: Sálvio Nienkötter
Editor-executivo: Daniel Osiecki
Produção: Cristiane Nienkötter
Capa: Jussara Salazar
Design editorial: Carlos Garcia Fernandes
Preparação de originais e revisão: O Autor

Dados Internacionais de Catalogação na Publicação (CIP)
Angelica Ilacqua CRB-8/7057

Joyce, James, 1882-1941
Anna Livia Plurabelle : Capítulo VIII Finnegans Wake / James Joyce ; prefácio e tradução de Vinícius Alves. – Curitiba : Kotter Editorial, 2022.
104 p.

Bibliografia
ISBN 978-65-5361-049-1

1. Ficção irlandesa I. Título II. Joyce, James, 1882-1941. Finnegans Wake III. Alves, Vinícius

CDD Ir823

22-2358

KOTTER EDITORIAL

Kotter Editorial Ltda.
Rua das Cerejeiras, 194
CEP: 82700-510 - Curitiba - PR
Tel. + 55(41) 3585-5161
www.kotter.com.br | contato@kotter.com.br

Feito o depósito legal
1ª Edição
2022

JAMES JOYCE

FINNEGANS WAKE

ANNA LIVIA PLURABELLE

CAPÍTULO VIII / LIVRO 1

TRADUÇÃO:
VINICIUS ALVES

Para Clarisse Lispector,
clarissimamente selvagem.

Para Clarissa Martins Alves Lopes
e Teresa Collares,
mulheres-rio, mulheres-nuvem, mulheres-mar.

e também para
Dna. Marta (in memoriam) e Dna. Maria,
lavadeiras da minha infância.

"O rio não dá paz ao canoeiro."
(João Guimarães Rosa)

PREFÁCIO

Jamais, em tempo algum, imaginei que um dia traduziria esse monstruoso livro de um ainda mais monstruoso escritor, qual seja, o famigerado *Finnegans Wake* de James Joyce.

Faz já um bom tempo, como em todas as outras vezes, (nas traduções que cometi), a não ter o que fazer, peguei as duas primeiras páginas (?) do *Finnegans* e, como sempre, para um exercício poético e de linguagem, me impus a tarefa de brincar de traduzir esse texto tido por muitos como intraduzível. Mas encorajado pelo próprio Joyce, (*Não há nada que não possa ser traduzido*) e por Dirce Waltrick do Amarante, minha madrinha intradutória, enchi-me de coragem e fui adiante. O desafio mais incrível e transformador a que me submeti.

Tá bom que traduzir Joyce é como quebrar pedras, em todos os sentidos, mas ao mesmo tempo é um, talvez o maior, exercício de linguagem que alguém pode imaginar fazer em toda sua vida. Como diziam alguns de seus amigos: "Joyce faz o que quer com a linguagem." Imagine-se a um pobre tradutor lidar com uma frase e um autor dessa envergadura. Passado algum tempo, sabedor da paixão que Dircinha nutre por Joyce, mandei a ela o tal exercício. Bom lembrar também que a essa época ainda não existia a ideia da tradução em grupo, o nosso coletivo.

Mais algum tempo e recebo dela um convite bizarro: – Queres fazer parte de um coletivo pra traduzir o *Finnegans*? Imaginem meu susto! Declinei imediatamente. Argumentei que não sabia quase nada de inglês, ao que ela reargumentou: – Vini, como tu sabes, o *Finnegans* está escrito em mais de 60 idiomas!! Ao que triargumentei: – Pior ainda. Mal domino o meu!!!

Tendo em conta a decepção dela à minha recusa, pedi-lhe que me desse um tempo pra pensar. Pois bem, depois de mais de mês de duras reflexões e incertezas, aceitei o honroso e desafiador convite. Não tive como negá-lo, tão carinhoso e vindo de pessoa tão especial e talentosa como Dircinha, uma das maiores conhecedoras de Joyce do país, quiça do mundo. O que me deu foi um baita medo mesclado a um puta orgulho.

Coube-me o capítulo 4. Mais 7 meses de esforços por mim jamais imaginados para conseguir dar conta de pouco mais de 20 páginas e lhe entrego minha humilde contribuição, não sem uma horda de pulgas (*earwigs?*) atrás de todas as orelhas. O convite de Dircinha foi pra mim como ganhar o maior prêmio literário. Nunca vou poder agradecer tal honraria, da qual muito me gabo.

O que ocorreu depois foi pura consequência. Esqueci de me vacinar contra o vírus joyceano e não houve outro jeito, adquiri a inefável doença. E já lá se vão mais de 3 anos de esforços e encantamentos tentando decifrar essa linguagem onírica onde tudo se insinua, onde tudo flui e onde alguém ou alguéns sonham e falam essa língua estranha, tal como deva ser a linguagem dos sonhos. Sabe-se lá onde tudo isso vai dar! Talvez no mar, na "água da palavra".

Pois bem, o que vocês têm em mãos agora é o capítulo que Joyce dedicava mais carinho mas que quase foi parar na lata do lixo, este espetacular *Anna Livia Plurabelle*, (capítulo 8 do *Finnegans Wake*) de acordo com alguns críticos, "uma das páginas mais extraordinárias já escritas em todos os tempos". Não há como nomificar tal experiência de navegar por este cipoal de rios encantatórios. Por mais esforço que fizesse nunca conseguiria chegar perto de dizer-lhes o que me causou este navegar insólito, tanto física, emocional, quanto mentalmente. Que o digam também meus colegas.

Em minha infância na praia de Cacupé, norte da Ilha de Santa Catarina, onde vínhamos passar as férias de verão e inverno e onde hoje habito, também havia um corguinho onde mulheres lavavam roupas. Muitas vezes as vi nessa função e essa cena ficou marcada em mim pra sempre. Usavam um linguajar quase ininteligível de descendentes de açorianos que eram e isso foi de fundamental importância para a tradução deste capítulo.

Por isso tive que ter muito cuidado em não fazer uma tradução muito regional, correndo o risco de que fosse entendida somente aqui nestas plagas. Quis fazer uma abordagem que fosse entendível, (como se em *Finnegans Wake* algo possa ser definitivamente entendível) em todo o Brasil, obviamente; mas que também pudesse ser curtida em outros países de língua portuguesa sem que a minha tradução causasse maiores ruídos a esses leitores.

O que tentei, na verdade, foi uma tradução fonética e o mais sonora possível, daí a importância, a maneira dele, de ter visto e ouvido a cena das lavadeiras relatada acima, aliás, segundo estudiosos, o que Joyce mais apreciava: som e ritmo. Se o intento foi logrado, isso fica por conta de vocês.

Mas, claro, não pude deixar de, em algumas passagens, render-lhes minhas homenagens, já que, como disse, é uma das lembranças de infância mais vívidas e que guardo com o maior carinho na memória. Lendo o texto, foi a primeira coisa que me veio à cabeça. Uma cena simples mas pra mim deveras marcante. Então, foi como narrar um filme, sendo eu o roteirista, o sonoplasta, o figurinista, o continuista, o diretor etc., atendo-me a todos os seus aspectos, tanto sonoros, pictóricos, imagéticos e todo o resto.

Ainda outra coisa a ser dita é a total atenção que o leitor tem que ter para captar todo esse colorido que Joyce dá a seu texto, sem a qual não se poderá atingir o fantástico efeito desejado por ele. Como diria Guimarães Rosa, "O rio não dá paz ao canoeiro". Então, ao lerem, dediquem o máximo de atenção a cada detalhe, cada ritmo, cada neologismo, cada palavra estranha, com as quais tivemos que nos acostumar pra tentar aproximar ao máximo o humor, a bossa, a musicalidade do texto original. E, creiam, é um esforço brutal, sobre-humano. Passamos mais tempo na revisão de nossos textos do que praticamenta a traduzi-lo. Pergunte a qualquer tradutor dele e todos serão unânimes em lhes afirmar isto: revisão da revisão da revisão *ad infinitum*. Não se preocupem em entender. Se tiverem, (e terão muita) dificuldade, "leiam em voz alta", como ele mesmo aconselhava. Então honrem-no (e um pouquinhos a nós) com sua fundamental e imprescindível atenção. Joyce gastou 17 anos para escrevê lo, (e quase cego!), um terço de sua vida atribulada. Pensem nisso quando estiverem lendo. Acreditem, será de grande valia. Pra sempre.

E, logicamente, como Joyce e Guimarães sempre repetiram, "a cada releitura tudo pode ser entendido de forma completamente outra": leiam, releiam, treleiam. E divirtam-se, sempre. Riam com os rios joyceanos. O humor e a música eram pra ele quase tudo!

Pra finalizar, não poderia deixar de agradecer a quem está aqui, junto comigo, e que tornam este volume ainda mais especial: as importantes contribuições de Dirce Waltrick do Amarante (a culpada de tudo), Vitor Alevato do Amaral e Willian Teca. Obrigadíssimo, gente. Orgulho enormíssimo.

Agora é com vocês. Banhem-se nestes rios sem remos e sem medos. Escutem os sons deles e deixem-se encartar pela música maravilhosa e pelo balanço de Joyce nesse desaguar sem finn. E lembrem-se do recado do próprio Joyce: "esqueçam o sentido, cuidem do 'somtido'".

Vinícius Alves

SUMÁRIO

APRESENTAÇÃO

O RIO LIFFEY DESAGUANDO NOVAMENTE EM ÁGUAS BRASILEIRAS

Dirce Waltrick do Amarante

De todos os capítulos de *Finnegans Wake*, de James Joyce, talvez o mais conhecido, estudado e traduzido seja o oitavo, que o autor intitulou "Anna Livia Plurabelle", o único dos 17 capítulos do livro que mereceu um nome especial. Foi assim que se referiu a ele desde o primeiro esboço, enviado à sua mecenas Harriet Weaver, em 7 de março de 1924:

> Cara senhorita Weaver: terminei a parte da Anna Livia. Aqui está. Depois disso mal tenho energia suficiente para segurar a caneta e por consequência do trabalho, da

preocupação, da má iluminação, das circunstâncias gerais e do resto. Umas poucas palavras de esclarecimento. É um diálogo tagarela por sobre o rio de duas lavadeiras que quando a noite cai se transformam numa árvore e numa pedra. O rio é chamado Anna Liffey. Algumas palavras no começo são um híbrido de dinamarquês-inglês. Dublin é uma cidade fundada pelos viquingues. O nome irlandês é Baile Átha Cliath (Ballyclee) = Town of Ford of Hurdle. Sua caixa de Pandora contém os males de que a carne é herdeira. O rio é completamente marrom, rico em salmão, muito tortuoso, raso. A divisão perto do final (sete represas) é a cidade em construção. Izzy será mais tarde Isolda (cf. Chapelizod).

Incluo um grupo selecionado pelo *New York Times*.[1]

Espero que você esteja bem e que o fragmento lhe agrade. Com os meus cumprimentos

Atenciosamente

James Joyce [2]

Em português, com esta tradução inventiva e fluida de Vinícius Alves, chegamos à terceira tradução do capítulo na íntegra em português. A primeira, assinada por Donaldo Schüler, consta do terceiro volume de sua tradução completa da obra *Finnicius Revém,* publicada pela editora Perspectiva, em 2004, em cinco tomos. A segunda tradução do capítulo foi assinada por mim e pode ser lida no livro *Para ler Finnegans Wake de James Joyce*, publicado pela editora Iluminuras em 2009.

A tradução de Vinícius dá novo movimento ao rio Liffey, que é central no capítulo e cruza Dublin, mas deságua no mar do sul

[1] Uma fotografia de Pound, John Quinn, Ford Madox Ford e Joyce.

[2] JOYCE. James. *Cartas a Harriet.* Organização e tradução: Dirce Waltrick do Amarante e Sérgio Medeiros. São Paulo: Editora Iluminuras, 2018, p. 34.

do Brasil, mais especificamente na Ilha de Santa Catarina, onde vive o tradutor, que incorpora o sotaque "manezinho", como a forma de falar dos ilhéus é conhecida, e a cultura local à sua versão em português deste episódio do romance de Joyce.

Começar *Finnegans Wake* por "Anna Livia Plurabelle" não foi por acaso; Alves está ciente de que esse é, sem dúvida alguma, o capítulo que permite uma aproximação mais fácil do leitor com o romance de Joyce, além de ser considerado o capítulo mais musical do livro e uma das "melhores páginas da literatura inglesa", como afirmou o escritor inglês John Drinkwater,[3] ou "a melhor prosa já escrita por um homem",[4] segundo o romancista e poeta irlandês James Stephens.

O próprio Joyce já havia declarado a Harriet Weaver que "se o último capítulo da primeira parte ["Anna Livia"] não é algo bem feito, eu sou um imbecil em questões de linguagem".[5]

O fato é que o escritor sentia por esse episódio um "carinho especial", recitando-o de memória a amigos e conhecidos. Além disso, ele próprio incentivou Stuart Gilbert a escrever uma sinopse de todo o capítulo, com o objetivo de transformá-lo em filme. Em agosto de 1929, Joyce gravou as últimas páginas do episódio (p.p. 213 –216) a pedido de C. K. Ogden, no Instituto Ortológico em Londres.[6] Essas mesmas páginas, em 1932, foram "traduzidas" para o inglês básico pelo próprio C. K. Ogden.

---

[3] JOYCE, James. *Anna Livia Plurabelle.* Frankfurt: Suhrkamp, 1982, p. 27.

[4] TORTOSA, Francisco García. *Anna Livia Plurabelle.* Madri: Cátedra Letras Universales, 1992, p. 80.

[5] Ibidem ibidem.

[6] https://www.youtube.com/watch?v=k1FcSGDgU8Q

***

A ideia de compor "Anna Livia Plurabelle" teria surgido durante uma "viagem a Chartres, onde viu mulheres lavando roupas nos dois lados do Eure."[7] Essas mulheres se juntaram, na imaginação de Joyce, a uma conversa que ele teria ouvido entre suas irmãs, Eileen e Eva Joyce. Nessa conversa, Eileen descrevia a Eva a beleza do cabelo de Livia Schmitz, mulher do escritor italiano Italo Svevo, que conhecera em Trieste, quando ali morou com a família de James Joyce.

Assim, Joyce concebeu a estrutura do capítulo como um diálogo entre duas mulheres discutindo a vida de uma terceira, Anna Livia Plurabelle, e o explicou da seguinte maneira a um jornalista italiano:

> Dizem que imortalizei Svevo,[8] mas também imortalizei as tranças da signora Svevo. Eram lonas (sic) de um louro – avermelhado. Minha irmã que costumava vê-las soltas me falara delas. O rio de Dublin passa por casas de tintura e por isso tem águas avermelhadas. Assim comparei ludicamente as duas coisas no livro que estou escrevendo. A dama que está nele terá tranças que são na verdade as da signora Svevo.[9]

---

7 ELLMANN, Richard. *James Joyce*. Trad. por Lya Luft. São Paulo: Globo, 1989, p. 695.

8 O apoio de Joyce foi fundamental para que Svevo, autor de *A Consciência de Zeno* e outros romances, alcançasse reconhecimento internacional. Através de Joyce, ele conseguiu espaço em revistas literárias e jornais fora de sua terra natal. (ELLMANN, p. 691.)

9 Ibidem, p. 692.

Ao longo de sua composição, "Anna Livia" foi publicado em jornais e revistas e passou por 17 diferentes versões,[10] mas o escritor manteve em todas elas o plano narrativo original, ou seja, duas lavadeiras à margem do Liffey lavam roupa e falam da vida de Anna Livia Plurabelle e de seu marido Humphrey Chimpden Earwicker.

Cada nova versão do capítulo era uma amplificação da anterior, graças à acumulação de elementos que se correlacionavam e às distorções de vocábulos que visavam aumentar a carga semântica da narrativa.[11]

A primeira versão de "Anna Livia Plurabelle" era bastante reduzida, constava apenas de quatro páginas, que se converteram em vinte,[12] depois das várias revisões.

Foi apenas na terceira versão do capítulo que Joyce começou a explorar nomes de rios, buscando informações em mapas e enciclopédias e contando com o apoio de amigos e familiares. Em outubro de 1927, Joyce escreveu a Harriet Weaver: "Centenas de rios percorrem o texto. Creio que se move." [13]

Segundo Richard Ellmann, quando Joyce concluiu "Anna Livia", em 1927, o capítulo trazia trezentos e cinquenta nomes de rios.[14] No entanto, segundo o estudioso espanhol Francisco García Tortosa, Joyce continuou, por mais três anos, acrescentando nomes de rios ao texto "até alcançar os oitocentos ou mil e

[10] Fred H. Higginson, no livro *Anna Livia Plurabelle. The Making of a Chapter*. Minneapolis: The University of Minnesota Press, 1960, faz um estudo das diferentes versões pelas quais o capítulo VIII passou.

[11] TORTOSA, op. cit., p. 84.

[12] Ibidem, p. 83.

[13] Ibidem, p. 88.

[14] ELLMANN, op. cit., p. 738.

duzentos – de acordo com a perspicácia dos leitores que se dedicam a este trabalho."[15]

Como o *Wake* é um livro que dá boas-vindas aos estrangeiros, em algum momento, alguém de algum lugar distante se sentirá incluído no livro descobrindo que há nele um rio que passa nas suas proximidades.

Alguns leitores sul-americanos, por exemplo, poderão "sentir-se em casa" ao descobrir uma menção, na página 197, ao rio Pilcomayo, que separa a Argentina do Paraguai e começa próximo da fronteira com o Brasil, ou na página 198, quando descobre uma referência ao rio Negro, no Brasil, e ao rio da Prata, na Argentina:

> *Pilcomayo! Suchcaughtawan! And the whale's away with the grayling!* (Pilcomayo! Assimficadodói! I a palêia isvai-si comum beixe!!) [FW 197]

> *As El Negro winced when he wonced in La Plate* (Comu El Negru istremeceu quandu venceu in La Plata.) [FW 198]

***

Quatro elementos estão na base da riqueza temática e simbólica do capítulo oitavo: as duas lavadeiras, o rio, Anna Livia Plurabelle e Humphrey Chimpden Earwicker.

Começando pelas lavadeiras, cujos nomes só nos são revelados nas últimas páginas do romance – "*Queer Mrs Quickenough*

[15] TORTOSA, op. cit., p. 88.

and odd Miss Doddpebble" [FW 620] [16] –, o fato de lavarem roupa significa, para muitos estudiosos, como, por exemplo, Francisco García Tortosa, que a ação ocorre depois da queda de Adão e Eva, uma vez que, de acordo com o relato bíblico, antes desse fato era desnecessário usar roupa. Além disso, as lavadeiras mencionam uma situação de pecado, malícia e engano.[17]

Por estarem envolvidas num mundo de pecado e confusão, costuma-se associar as lavadeiras a certas figuras míticas como as bruxas de Macbeth, ou mesmo aos coveiros de Hamlet. As duas mulheres podem ser comparadas também a Shem e a Shaun, os filhos rivais de Anna Livia e HCE, à personagem Kate (a criada da família Earwicker, que representa Anna Livia envelhecida),[18] ou a qualquer outra personalidade dividida, ou até mesmo a HCE diante do espelho.[19]

Como Shem e Shaun, as lavadeiras representariam a dualidade intrínseca a todo ser humano.

A metamorfose das lavadeiras em pedra e árvore as introduz num intrincado círculo de símbolos e alusões, uma vez que a pedra e a árvore possuem um número infindável de significados, simbólicos e mitológicos; a metamorfose também pode representar um distanciamento, no sentido figurado, entre as lavadeiras que, com a transformação, começam a enrijecer seus sentidos, passando a

---

[16] SHELDON, R. Brivic. *Joyce's Waking Women: an introduction to Finnegans Wake.* Madison: The University of Wisconsin Press, 1995, p. 35.

[17] TORTOSA, op. cit., p. 84-85.

[18] GONZALEZ, Jose Carnero. *James James y la Explosión de la Palabra.* Sevilha: Publicaciones de la Universidade de Sevilla, 1989, p. 145.

[19] TORTOSA, op. cit., p. 85.

compartilhar da insensibilidade do reino mineral e da vida inconsciente do reino vegetal e, portanto, a não mais se entenderem.[20] A árvore e a pedra representam um dos temas mais repetidos em *Finnegans Wake*, e significam, entre muitas outras coisas, vida e morte.

O rio Liffey é outro elemento de grande importância no capítulo. Da imitação do seu curso emergem a circularidade da fala, o fluxo ou a melodia das frases que compõem o episódio – "é a tentativa de subordinar as palavras ao ritmo da água", Joyce explicou a um amigo que se queixou de que tudo no capítulo era muito dadaísta[21] –, e a escolha de determinadas palavras que deveriam simbolizar o universo fluvial.

O outro elemento básico do capítulo é, obviamente, Anna Livia Plurabelle, que seria, segundo Edna O`Brien, "a personagem mais acessível e, na verdade, mais amada concebida por Joyce".[22]

Como sucede com os outros elementos temáticos do capítulo, o nome e a personalidade de Anna Livia, bem como os fatos de sua vida, foram enriquecidos por um acúmulo de alusões mitológicas e históricas. "Plurabelle", por exemplo, pode ser entendido inicialmente como uma palavra composta: 'plura', do latim '*pluris*', e 'bella', também do latim '*bellus*'. O adjetivo 'bella' cria um nexo de união com Isabel, ou Issy, também filha de Anna Livia e HCE, especialmente através de sua personificação como Isolda, que segundo a tradição lendária era chamada

[20] Ibidem, p. 85.

[21] ELLMANN, op. cit., p. 695.

[22] O`BRIEN, Edna. Op. Cit., p. 151.

de "Isolda, a bela", estabelecendo assim um vínculo entre essas personagens.

O termo "bella" é elemento frequente em topônimos irlandeses. Pode também representar a palavra "*Bile*", árvore sagrada, e "*Bili*", "objetos de culto incrustrados em pedras circulares".[23]

Quanto a *Plura*, que significa plural e diverso, modificando e condicionando os outros elementos do nome, sugere a natureza cambiante e variada da pessoa que o incorpora. Isso nos autoriza, por sua vez, a interpretar Anna Livia como a síntese de outros personagens que estão dentro e fora de *Finnegans Wake*[24] e também como o próprio rio Liffey.

Assim, Anna Livia, graças à sua natureza "plural", dissolve-se em todos os personagens femininos que aparecem no livro, ou que estejam fora deste, e todos esses personagens, reais e virtuais, configuram seu caráter. Como Eva, ela é a mãe da humanidade; e como Issy (que pode representar Anna Livia quando jovem), é a filha por excelência, frágil, inocente, etc. Em suma, todas as conexões estão justificadas pelo nome "Plurabelle".[25]

O segundo elemento do seu nome, Livia, pode representar a latinização do nome do rio Liffey, cuja denominação provém, segundo a lenda, da palavra "*Life*".[26] Além disso, o nome Livia

---

[23] TORTOSA, op. cit., p. 90.

[24] Ibidem, p. 90

[25] Ibidem,p.90.

[26] "*Tradition says that this ("Life") was the name of the woman who gave her name to the River Liffey that flows though Dublin. This is a pleasant story, but unfortunately seems to have been made up to account for the name of the river, which otherwise cannot be explained.*" (CRESSWELL, Julia. *Irish First Names*. Glasgow: HarperCollins, 1999, p.163-164.).

tem um parentesco homógrafo com o inglês *life*, vida, e homófono com *leafy*, frondoso. No capítulo VIII, Anna Livia é, aliás, o próprio rio. Segundo Klaus Reichert, "o que ela faz como mulher, ela o faz como rio".[27]

Não é a primeira vez que Joyce, seguindo uma tradição iniciada por outros escritores, identifica a mulher com o princípio da vida, da terra e da fertilidade. Em *Ulisses*, a personagem Molly, mulher do herói Leopold Bloom, representa a vida entre homens que sofrem de paralisia mental numa "cidade morta" como Dublin.[28]

O nome Anna, finalmente, também encerra diferentes significados, todos adequados à personalidade de Anna Livia. Do hebreu, o nome traz a acepção de "graça"; do gaélico, "riqueza"; do grego, o sentido de "voltar". Além dessas conotações, a mitologia irlandesa a identifica com *Ana* ou *Anu*, a deusa da abundância e mãe dos deuses, descrita algumas vezes como a Eva irlandesa.[29]

Por fim, em irlandês, Ann e Anna procedem ambas da palavra "*Eanach*" e da locução "*Ath na*", que são elementos frequentes em nomes próprios. "*Eanach*" deriva da raiz "*ean*", que significa água, ou, dependendo da ligação, pode adquirir também o sentido de "lugar com água", "charco", "lago", pântano", etc. "*Ath na*" significa "vau de ...", "passo de ...".[30] Além disso, segundo David

[27] REICHERT, Klaus (org.). *James Joyce: Anna Livia Plurabelle*. Frankfurt: Suhrkamp Taschench, 1982, p. 28-29. "Was sie als Frau tut, tut sie als Fluss."

[28] TORTOSA, op. cit., p. 91.

[29] CRESSWELL, op. cit., p.163-164.

[30] TORTOSA, op. cit., p. 93.

Norris e Carl Flint, "an old maps, the Liffey was called "Anna Liffey", from the Irish *ambain*, a river."[31]

Em *Finnegans Wake*, como afirmam os estudiosos, a personagem Anna Livia Plurabelle contém todas as virtudes e os defeitos no mais alto grau, e sua fertilidade é ilimitada. Isso ocorre porque Joyce incorporou nessa personagem o maior número possível de significados, esgotando por assim dizer as conotações de cada um deles.[32]

Ainda que o título do capítulo VIII contenha o nome da mulher de HC Earwicker, o taberneiro de Chapelizod também tem um papel importante nesse episódio, pois parte dele se dedica a contar alguns de seus "pecados" ou "inclinações", e também seu casamento com Anna Livia e suposições sobre a infidelidade de sua mulher.

Caberia ainda acrescentar que, nesse capítulo do romance, existem vários elementos autobiográficos. Eu mesma criei uma dramaturgia mesclando o capítulo VIII com as cartas trocadas entre Joyce e Nora Barnacle (futura senhora Joyce), *Minha pequena Irlanda* (Cultura e Barbárie). A peça foi encenada pelo grupo Ciclopatas em 2019.[33]

Acredita-se que "Anna Livia" também poderia ser lido como uma homenagem de Joyce à Nora e à sua abnegação durante os anos em que o escritor se dedicava a escrever o romance.

---

31 NORRIS, David; FLINT, Carl. *Introducing Joyce*: a graphic guide. London: Icon Books, 2012, p. 155.

32 TORTOSA, op. cit., p. 93.

33 https://www.youtube.com/watch?v=j5DToUgz3gc&t=2s

***

A propósito da tradução de *Finnegans Wake*, Haroldo e Augusto de Campos, que traduziram fragmentos do romance e desse capítulo específico no livro *Panaroma do Finnegans Wake*, afirmam que ela "se torna uma espécie de jogo livre e rigoroso ao mesmo tempo, no qual o que interessa não é a literalidade do texto, mas, sobretudo, a fidelidade ao espírito, ao 'clima' joyciano, frente ao diverso feixe de possibilidades do material verbal manipulado. E há uma rede renhida de efeitos sonoros a ser mantida, entremeada de quiproquós, trocadilhos, malapropismos".[34]

Vinícius Alves entrou no "clima" joyciano e parece ter seguido o procedimento do próprio autor que, ao se autotraduzir, valorizou acima de tudo os efeitos sonoros e rítmicos de seu romance. [35]

Passemos, então, à tradução de Alves, lembrando sempre de um conselho de Joyce: "Quando em dúvida, leia em voz alta".

[34] CAMPOS, Augusto de; CAMPOS, Haroldo de. *Panaroma de Finnegans Wake*. São Paulo: Perspectiva, 1971, 1971, p. 21, 22.

[35] ELLMANN, op. cit., p. 779.

FINNEGANS WAKE

James Joyce

Book I
Chapter VIII

ANNA LIVIA PLURABELLE

Cap. VIII do Finnegans Wake

Tradução
Vinícius Alves

[196]

O

tell me all about

Anna Livia! I want to hear all

about Anna Livia. Well, you know Anna Livia? Yes, of course, we all know Anna Livia. Tell me all. Tell me now. You'll die when you hear. Well, you know, when the old cheb went futt and did what you know. Yes, I know, go on. Wash quit and don't be dabbling. Tuck up your sleeves and loosen your talk-tapes. And don't butt me — hike! — when you bend. Or what-ever it was they threed to make out he thried to two in the Fiendish park. He's an awful old reppe. Look at the shirt of him! Look at the dirt of it! He has all my water black on me. And it steeping and stuping since this time last wik. How many goes is it I wonder I washed it? I know by heart the places he likes to saale, duddurty devil! Scorching my hand and starving my fa-mine to make his private linen public. Wallop it well with your battle and clean it. My wrists are wrusty rubbing the mouldaw stains. And the dneepers of wet and the gangres of sin in it! What was it he did a tail at all on Animal Sendai? And how long was he under loch and neagh? It was put in the newses what he did, nicies and priers, the King fierceas Humphrey, with illysus dis-tilling, exploits and all. But toms will till. I know he well. Temp untamed will hist for no man. As you spring so shall you neap. O, the roughty old rappe! Minxing marrage and making loof.

[196]

O

mi conta tudu sobri

Anna Lívia! Querouvi tudu

sobrAnna Lívia. Bem, tu conhéci Anna Lívia? Sim, craru, todus cunhecemu Anna Lívia. Conta tudu. Contagora. Vais ti finná dirri quandouvi. Bem, tu sabi, quandu u cara véio feiz festa i feiz u qui tu sabi. Sim, eu sei, vaiavante. Vai lavando e não rispinga. Arregaça as manga e afroxa a língua. E não me pinica – pica! – quando ti vergas. Ou sejá lá u qui elis trentaram discubri eli trincô co'as duas nu parqui Finnático. Elié um véio horripilenti. Olha a camisa deli! Olha essa sujêra! Eli sujô toda minhágua. I leva i lava desda úrtima simana. Eu mi prigunto quantas veiz já lavê? Sei dicór os lugá quieli gosta di si sajar, essimundiça iscumungadu! Isfolandu minhas mão i isfamiando minha fomi pra torná púbricu seus linhu íntimu. Bati beim cum teu múqui pra alimpá. Meus pursu tão infrerrujadu isfregandu as mancha mofada. I as borra úmida i as porra du pecadu deli. Quali foi o rabu queli feiz em Animáli Sendai? E pur quantu tempu eli ficô sobi u lagunéfi? Saiu nu noiticiáru uquieli feiz, mais adispôis, u faroz Rei Humphrey, cum distiladu illyssus, pruezou i tudu. Mas u tempu vai dizê. Atrás di tempu vem tempu di ninguéim. Conformi tu corri a maré morri. Ó, u véio violadô rudi! Minstrurando u casóriu i fazendamô.

[197]

Reeve Gootch was right and Reeve Drughad was sinistrous! And the cut of him! And the strut of him! How he used to hold his head as high as a howeth, the famous eld duke alien, with a hump of grandeur on him like a walking wiesel rat. And his derry's own drawl and his corksown blather and his doubling stutter and his gullaway swank. Ask Lictor Hackett or Lector Reade of Garda Growley or the Boy with the Billyclub. How elster is he a called at all? Qu'appelle? Huges Caput Earlyfouler. Or where was he born or how was he found? Urgothland, Tvistown on the Kattekat? New Hunshire, Concord on the Merrimake? Who blocksmitt her saft anvil or yelled lep to her pail? Was her banns never loosened in Adam and Eve's or were him and her but captain spliced? For mine ether duck I thee drake. And by my wildgaze I thee gander. Flowey and Mount on the brink of time makes wishes and fears for a happy isthmass. She can show all her lines, with love, license to play. And if they don't remarry that hook and eye may! O, passmore that and oxus another! Don Dom Dombdomb and his wee follyo! Was his help inshored in the Stork and Pelican against bungelars, flu and third risk parties? I heard he dug good tin with his doll, delvan first and duvlin after, when he raped her home, Sabrine asthore, in a parakeet's cage, by dredgerous lands and devious delts, playing catched and mythed with the gleam of her shadda, (if a flic had been there to pop up and pepper him!) past auld min's manse and Maisons Allfou and the rest of incurables and the last of immurables, the quaggy waag for stumbling. Who sold you that jackalantern's tale? Pemmican's pasty pie! Not a grasshoop to ring her, not an antsgrain of ore. In a gabbard he barqued it, the boat of life, from the harbourless Ivernikan Okean, till he spied the loom of his landfall and he loosed two croakers from under his tilt, the gran Phenician rover. By the smell of her kelp they made the pigeonhouse. Like fun they did! But where was Himself, the timoneer? That marchantman he suivied their scutties right over the wash, his cameleer's burnous breezing up on him, till with his runagate bowmpriss he roade and borst her bar. Pilcomayo! Suchcaughtawan! And the whale's away with the grayling! Tune

[197]
Marg Isquierda era dereita i u Riu Dereito era sinestro! I u feitiu deli! I as curva deli! Comu eli custumava mantê sua cabeça tão arta quantum cóqui, u famosu véiu dúqui elienadu, cum uma corcunda di grandeza sobri eli comu um ratu ambulanti du pradu. Isseu sutaqui arrastadu di derry i sua tagarelice di cork i sua gagagueira dublínica i sua gula de gullaway. Pirgunta pra Lictor Hackett ou pra Lector Reade du Guarda Growley ou pru Garotu du cluBilly. Comu eli é chamadu im elster? Comussichama? Huges Cabaça Emunda. Ou ondeli nasceu ou comu foi criadu? Uriginalândia, Discordislândia im Gargatu? Nova Hunshire, Concórdia im Alegreti? Quem ferrolhou seu sumu bipartido ou isguinchou nu debaldi dela? Seus proclama nunca foram proclamido nAdão i d'Eva ou foram eliela intimamente matrimuniadu? Pru meu patéiter eu timpatu. I cum meuzòlhusselváticu timgansu. Flowey i mount nu limiar du tempu formam tentações i temores prum istmu feliz. Ela podi revelá todu seu curso, cum amor, licença pra diversã. I si elis nãum si rejuntarim, gancho i olhal u farão! Oh, passamais issu e oxus aquiloutro! Don Dom dombdomb i seu mini folhíriu! Suajuda foi segurada na Cegonha i Pelicanu contra roubu, gripe i riscos tercei-rus? Ouvi dizê quieli disincavô um boum dindim comssuamanti lavandu premêru i duvlinandu dipois quandeli violhou seu lhar, Sabrina tesuda, numa gaiola di piriquitus pur terras dragorrosas i deltas tortuosus, brincandu di gatu i ratu cum u assombru dissua sombra, (si um palícia tivesse lá ia pra cima prapimentá-lu) aléim da mansarda dusvéio i a Casa di Todus us Loucus i u restu dus incuráveis i u úrtemo dus imuráveis, u lodaçal pra tropaçar. Queim ti vendeu u contu du vilgáriu? Pasta pastosa di pilcanha. Neim um gacanhotu pra lhi tocá, neim um frãn di gurmigas d'álguas. Numa barcaça elimbarcô, u barcu da vida, du disportadu Okeanu Ivernikanu, inté qui avistô a vista da terravista, i soltô dois coaxadoris sob seu toudu, u grandi corssáriu Finnicianu. Cum u olor di suas nalgas elis construíru u columbáriu. Comu si divertirriram! Mas ondi Eli mesmestava, u trimorneiru? Essi mercadô siguidu pur suas roupa recéim-lavada, u albornoz di seu cameleêiru brisandu neli, inté qui seu renegradu mastru vagineie i fechi obar dela. Pilcomayo! Assimficadodói! I a palêia isvai-si comum beixe! Afina

[198]

your pipes and fall ahumming, you born ijypt, and you're nothing short of one! Well, ptellomey soon and curb your escumo. When they saw him shoot swift up her sheba sheath, like any gay lord salomon, her bulls they were ruhring, surfed with spree. Boyarka buah! Boyana bueh! He erned his lille Bunbath hard, our staly bred, the trader. He did. Look at here. In this wet of his prow. Don't you know he was kaldt a bairn of the brine, Wasserbourne the waterbaby? Havemmarea, so he was! H.C.E. has a codfisck ee. Shyr she's nearly as badher as him herself. Who? Anna Livia? Ay, Anna Livia. Do you know she was calling bakvandets sals from all around, nyumba noo, chamba choo, to go in till him, her erring cheef, and tickle the pontiff aisy-oisy? She was? Gota pot! Yssel that the limmat? As El Negro winced when he wonced in La Plate. O, tell me all I want to hear, how loft she was lift a laddery dextro! A coneywink after the bunting fell. Letting on she didn't care, sina feza, me absantee, him man in passession, the proxenete! Proxenete and phwhat is phthat? Emme for your reussischer Honddu jarkon! Tell us in franca langua. And call a spate a spate. Did they never sharee you ebro at skol, you antiabecedarian? It's just the same as if I was to go par examplum now in conservancy's cause out of telekinesis and proxenete you. For coxyt sake and is that what she is? Botlettle I thought she'd act that loa. Didn't you spot her in her windaug, wubbling up on an osiery chair, with a meusic before her all cunniform letters, pretending to ribble a reedy derg on a fiddle she bogans without a band on? Sure she can't fiddan a dee, with bow or abandon! Sure, she can't! Tista suck. Well, I never now heard the like of that! Tell me moher. Tell me moatst. Well, old Humber was as glommen as grampus, with the tares at his thor and the buboes for ages and neither bowman nor shot abroad and bales allbrant on the crests of rockies and nera lamp in kitchen or church and giant's holes in Grafton's causeway and deathcap mushrooms round Funglus grave and the great tribune's barrow all darnels occumule, sittang sambre on his sett, drammen and drommen, usking queasy quizzers of his ruful continence, his childlinen scarf to encourage his obsequies where he'd check their

[198]
tua frauta izumbi finu, tu nasciessi ingyptu, éis só maizum!
Beim, prontelomeu, curva essa isquima.
Quandu tiviram atirá tantu na bainhêta di shabá comu qüarqué
lordalegri salomão, teus boi tavam boiandu, boirrifar-
randu. Boiarcandu buu! Boianuandu bué! Apãonhô seu Pãunzitu
duru, nossu pãum amassadu, u emprãomsáriu. Elamassô. Olhaquí.
Nossuór na testa. Não sabias qui eli era u chamadu um filhu du lagrimar,
Marnatu i bebê-dálgua? Havemarea, intão era eli! H.C.E.
tem ôio di bacaiau. Craru, ela é quasi tão maulhor quiela mesma.
Queim? Anna Livia? Si, Anna Livia. Tu sabia quiela tava ch-
amando a marèdevorta pra todu ladu, casinha cuja, checa chuja,
prir inté eli, seu cheferranti, prazenterá u pontorifício bulhento?
Ela era? Pur teus! Yssu é u limáti? Comu El negru istremeceu
quandu venceu in La Plata? Oh, mi diz tudo quieu querouvi, comu
ela tava sierguendu du ladu derêitu! Um piscuelhu adispôis qui u pânu
caiu. Mesmu quiela não ligassi, sem um pútu, eu ausênti, eli
homi di póssi, u proxenêta! Proxéneta, uquié quiéissu?
Vai-ti à Êmi cum teu garjão russHindú! Mi fala im franca
lângüa. I chama pá di pà. Nunca tinsináru ébrêo
niskóla, sua antiabecedariana? É inzatamenti a mesma coisa comu sieu fossi
agora purimzêmpu na comichão di causha pur telecinesia i
ti proxenetassi. Palemor dideus ié issu quiela ié? Boteti,
pensei quiela fossi agir doutru módu. Não víssi ela im sua jaunela,
balunçandu numa cadêra di vime, cum uma mêusica na frenti dela cum
todas as letra cuniformi fingindu tocá nu violinu dela seim corda? Craru quiela
não podi violiná um dé, cum arcu ou abanandu! Craru, ela nãum pódi!
Tista suga. Beim, eu nuncouvi nadanssim! Conta mãis. Conta tuda.
Beim, u velhu Humber foi tão sombriu comu um sôpu, cum a tara im sua torta
i us bubões pur eras i neim arquêrus neim forastêrus i
fardus allquebradus nas crista das rocha i lâmpada negra na coizinha ou
nigreja i buracus gigânjis na calçada di Grafton i cogumelus
cópu da morti ao ridor du túmulu di Funglus i u grandi jazígu
du tribúnu ondi a erva daninha sacumula, sentadu sombri seu assênto,
dramas di dromidus, priguntandu quistães insquisitas à sua tristi continênça,
suechárpe infantil pra encourajá suas exéquia ondi eli chechecaria seus

[199]

debths in that mormon's thames, be questing and handsetl, hop, step and a deepend, with his berths in their toiling moil, his swallower open from swolf to fore and the snipes of the gutter pecking his crocs, hungerstriking all alone and holding doomsdag over hunselv, dreeing his weird, with his dander up, and his fringe combed over his eygs and droming on loft till the sight of the sternes, after zwarthy kowse and weedy broeks and the tits of buddy and the loits of pest and to peer was Parish worth thette mess. You'd think all was dodo belonging to him how he durmed adranse in durance vaal. He had been belching for severn years. And there she was, Anna Livia, she darent catch a winkle of sleep, purling around like a chit of a child, Wendawanda, a fingerthick, in a Lapsummer skirt and damazon cheeks, for to ishim bonzour to her dear dubber Dan. With neuphraties and sault from his maggias. And an odd time she'd cook him up blooms of fisk and lay to his heartsfoot her meddery eygs, yayis, and staynish beacons on toasc and a cupenhave so weeshywashy of Greenland's tay or a dzoupgan of Kaffue mokau an sable or Sikiang sukry or his ale of ferns in trueart pewter and a shinkobread (hamjambo, bana?) for to plaise that man hog stay his stomicker till her pyrraknees shrunk to nutmeg graters while her togglejoints shuck with goyt and as rash as she'd russ with her peakload of vivers up on her sieve (metauwero rage it swales and rieses) my hardey Hek he'd kast them frome him, with a stour of scorn, as much as to say you sow and you sozh, and if he didn't peg the platteau on her tawe, believe you me, she was safe enough. And then she'd esk to vistule a hymn, The Heart Bowed Down or The Rakes of Mallow or Chelli Michele's La Calumnia è un Vermicelli or a balfy bit ov old Jo Robidson. Sucho fuffing a fifeing 'twould cut you in two! She'd bate the hen that crowed on the turrace of Babbel. What harm if she knew how to cockle her mouth! And not a mag out of Hum no more than out of the mangle weight. Is that a faith? That's the fact. Then riding the ricka and roya romanche, Annona, gebroren aroostokrat Nivia, dochter of Sense and Art, with Sparks' pirryphlickathims funkling her fan, anner frostivying tresses dasht with virevlies,

[199]
débitu nu tâmisa daqueli mórmãum, pur farejá i iniciá, sartu,
passu i finu, cum seus nascementos im sua labuta laborosa, seu engoli-
dô das douci im diante i u gurí di rua bicandu
seus denti, grevi di fomi sollitária i mantendu u juízu fináli im si
mesma, suportandu seu doistinu, cum seu deizlêxus, i sua franja
cambandu sobri seuzóiu i sonhandu nu sótãum inté vê
istrêlas, dispôis as meia preta i as carça larga i as mãma di
buda i as lomba di pest prispreitar siem Parix vali a pena u
apêrtu. Pudias pensá qui tava tudu dodominadu preli comu eli sanhandu
assonhadu ninseguru vaali. Eli vinha arrostrandu a setânus.
I lá tava ela, Anna Lívia, pispicando di
sônu, riachorandu comuma criancha, Windawanda, uma pole-
garda, numa minissaia di verãum i rostinhu d'amazonas, i dandu
bonzia pru seu quiridu bôum Dzian. Cum neufráties i suas saligadas
maggias, i im estranhoras elalhe cuzinhava floricas di feixi i sirvia
preli encouraçadus ovamarelus, uzóvus, i
beicon tostadu na torrada i um copenhaqui tão agüadu comus chay da
Groenlândia ou um pouquim di Cafué cum leitiscuru di mokau ou
um assúcar Sikianu ou sua cervardadeira distanhu i um pãum cum pri-
sunto (disprisunto, pramim?) pru praizer dostômicu daqueli hômi
inté qui seus juêiu vermêiu si reduzíssi feitu raladô di nóiz-moiscada inquantu suas
juntartilulada incoiêssi cum gota i tão pústula quantu ela cumpressa cum sua
carga máxima di víveris im sua penêra (fúria di Metaurus sóbi i
desci) meu robustu café da manhã frugal elhô sorvia, cuma carranca
di disprêzu, comu pra dizê esse filhu da, i si eli não
jogô u platu na sua tuáia, macredíti, ela tava
sarva. Iintão ela pidiu pra vistulá um hinu, *The Heart Bowed
Down* ou *The Rakes of Mallow* ou di Chelli Micheli *La Calumnia è
un Vermicelli* ou um trechu desagradávi du *old Jo Robidson*. Tãotu afofiandu
u pífanu quispatifou-si im dois. Elabateu a galinha qui cocoricô
nu terraçu di Babeli. Qui ofensa siela soubessi inrrugar
sua bouca! I nenhum soum fora Deli neim mais qui um
fardu laceradu. Issé uma fé? Essi é u fatu? Intão elamuntô a
rica i rara romancha, Annona, naschida arrostocrática Nívia,
filha de Sensu i Arti, cum us piriparafílicus di Sparks aban-
andu seus abañicus, annér di regeladas trança rispingadu di pirilâmpu,

[200]

while the prom beauties sreeked nith their bearers' skins! — in a period gown of changeable jade that would robe the wood of two cardinals' chairs and crush poor Cullen and smother MacCabe. O blazerskate! Theirs porpor patches! And brahming to him down the feedchute, with her femtyfyx kinds of fondling endings, the poother rambling off her nose: Vuggybarney, Wickerymandy! Hello, ducky, please don't die! Do you know what she started cheeping after, with a choicey voicey like waterglucks or Madame Delba to Romeoreszk? You'll never guess. Tell me. Tell me. Phoebe, dearest, tell, O tell me and I loved you better nor you knew. And letting on hoon var daft about the warbly sangs from over holmen: High hellskirt saw ladies hensmoker lilyhung pigger: and soay and soan and so firth and so forth in a tone sonora and Oom Bothar below like Bheri-Bheri in his sandy cloak, so umvolosy, as deaf as a yawn, the stult! Go away! Poor deef old deary! Yare only teasing! Anna Liv? As chalk is my judge! And didn't she up in sorgues and go and trot doon and stand in her douro, puffing her old dudheen, and every shirvant siligirl or wensum farmerette walking the pilend roads, Sawy, Fundally, Daery or Maery, Milucre, Awny or Graw, usedn't she make her a simp or sign to slip inside by the sullyport? You don't say, the sillypost? Bedouix but I do! Calling them in, one by one (To Blockbeddum here! Here the Shoebenacaddie!) and legging a jig or so on the sihl to show them how to shake their benders and the dainty how to bring to mind the gladdest garments out of sight and all the way of a maid with a man and making a sort of a cackling noise like two and a penny or half a crown and holding up a silliver shiner. Lordy, lordy, did she so? Well, of all the ones ever I heard! Throwing all the neiss little whores in the world at him! To inny captured wench you wish of no matter what sex of pleissful ways two adda tammar a lizzy a lossie to hug and hab haven in Humpy's apron!

And what was the wyerye rima she made! Odet! Odet! Tell me the trent of it while I'm lathering hail out of Denis Florence MacCarthy's combies. Rise it, flut ye, pian piena! I'm dying down off my iodine feet until I lerryn Anna Livia's cushingloo,

[200]
inquantu as baldadi du báilhi sincolhiam dibaixu di suas peli dursu! – num vistidu dépoca di jádi mutávi qui pudia incubri as madêra das cadêra di dois cardiali i ismagá u pobri Cullen i sufocá MacCabe. Bissurdu! Us remendu púrpura delis! E brahmandu preli i descendu a qued'água, cum suas cinquentisseis carícia finná, upó iscorrenu di seu nasali: *Vaggybando, Wimimando! Allô, patiñas, prubiséqui, não ti vai-ti!* Tu sabi uquiela começô a pipiá adispôis, cuma voizinha finninninha comu galinha-d'áugua ou Madami Delba pra Romeoreszk? Tu nunca vais adivinhá. Mi conta. Mi canta. *Phoebe, quirida, canta, Oh mi conta ieu tiamarê mais duqui nunca.* I dexandu ela lôca sobri as canção trimida dirriba dilhota: *Eu partantu amu suas lindas garrotinha*: i assaz i assadu i anssim pur dianti num toum sonorávil i rio surdávil riabaixu comu Bèribéri im seu mantu arenosu, tão involúvi, tão surdu comum buceju, u estúltu! Vai-ti! Pobri véiu surdu mamadu! Tais brincandu! Anna Liv? Comu giz é meu juiz! I ela num sialivantô im sorguis issyfoi i trotô prabaixi i discansô nu seu douru, bufandu sua véia cachimba, i cada shervanti tolinha ou quarqué camponesinha assumida dãndandu pelistradafora, Sávia, Fundália, Zambeta ou Meria, Milucra, Áunia ou Grawa ela não custumava fazê prela uma careta ou um siná prentrá drentu duma porta di saída? Quéiz dizê, a porta postáli? Pordoeux, mas é craru! Chamandu-as pra drentru, uma porruma, (Blocodacama aqui! Aqui a Filadumiju!) i saltitandu as pernoca ou algassim nu shiul pramostrá prelis comu sacudí suas curva i as graciosidadi di trazê à menti as roupa mais alegríntima fora das vista i todu u jeitu quiuma camarêra faz cum camarada i cantandum tipu di cocôricantu cácarejanti comu duas i um centavu ou meia coroa i sigurandu uma prataca brilhianti. Sinhá, sinhô, foi issu quiela feiz? Beim, di tudu qui já houví! Jogandu im seu nairiz todas as putinha du mundu! Pra qüarqué puta caputurada num cabaré qui tu queira num importa u sexu di maneiras prazerosa duas adda tammar uma lizzy uma luícia prabraçar i chafurdá nu aventá du Humpy!

I quali foi a rimirlanda quiela feiz? Odeti! Oudesti! Mi conta a trintência dissu inquantu tô inssabuandu as cueca di Dênis Flórenci MacCarthy. Tialivanta, pica-sim, digavar, digavarim! Tô morrenu dibai dus môs pé iodínu inté quieu ouva a canção di nanar d'Anna Livia,

[201]

that was writ by one and rede by two and trouved by a poule in the parco! I can see that, I see you are. How does it tummel? Listen now. Are you listening? Yes, yes! Idneed I am! Tarn your ore ouse! Essonne inne!

By earth end the cloudy but I badly want a brandnew bankside, bedamp and I do, and a plumper at that!

For the putty affair I have is wore out, so it is, sitting, yaping and waiting for my old Dane hodder dodderer, my life in death companion, my frugal key of our larder, my much-altered camel's hump, my jointspoiler, my maymoon's honey, my fool to the last Decemberer, to wake himself out of his winter's doze and bore me down like he used to.

Is there irwell a lord of the manor or a knight of the shire at strike, I wonder, that'd dip me a dace or two in cash for washing and darning his worshipful socks for him now we're run out of horse-brose and milk?

Only for my short Brittas bed made's as snug as it smells it's out I'd lep and off with me to the slobs della Tolka or the plage au Clontarf to feale the gay aire of my salt troublin bay and the race of the saywint up me ambushure.

Onon! Onon! tell me more. Tell me every tiny teign. I want to know every single ingul. Down to what made the potters fly into jagsthole. And why were the vesles vet. That homa fever's winning me wome. If a mahun of the horse but hard me! We'd be bundukiboi meet askarigal. Well, now comes the hazel-hatchery part. After Clondalkin the Kings's Inns. We'll soon be there with the freshet. How many aleveens had she in tool? I can't rightly rede you that. Close only knows. Some say she had three figures to fill and confined herself to a hundred eleven, wan by-wan bywan, making meanacuminamoyas. Olaph lamm et, all that pack? We won't have room in the kirkeyaard. She can't remember half of the cradlenames she smacked on them by the grace of her boxing bishop's infallible slipper, the cane for Kund and abbles for Eyolf and ayther nayther for Yakov Yea. A hundred and how? They did well to rechristien her Pluhurabelle. O loreley! What a loddon lodes! Heigh ho! But it's quite on the cards she'll shed

[201]
qui foi inscrita purum ilida purdois i achada puruma galinha nu parcu! Eu possu vê isso, eu vejuqui tu vé. Comissu tumurtua? Agorouva. Tais mouvindu? Sim, sim! Intérti tuas orêia! Lissaum númirum!

Nu fim da terra as nuvi mas mali queru uma margi nuvinha im folha, eu querum vapô, i um beim gordinho tamém.

Pois u restinho di massa queu tenhu tá nu fim, tá anssim, sentadim, latindu i isperandu pur meu véiu Dina gargalanti, meu cumpanhêru di vida i morti, minha chavi frugali di nossa dispensa, minha muito arterada corcóva di camêlu, minha disunião, minha maió lua di méli, meu lôcu inté o úrtemu Dizembru, pra dispertá di seu cuchilu dinvernu i mi possuí nu chãum comu eli custumava fazê.

Beim, haverá um sinhô du feudu ou um fidargu du condadu puraí, mi priguntu, qui mi déssi um putu ou dois im dindim pra lavá i cirzí suas venerávi mêia preli agora quistâmu semrração di cavalu i leiti?

Si nãum fossi pur minha caminha feita im Brittas tãom quenti quantu prifumada eu sartava fora di mim prus ladu della Tolka ou das praia di Clonfart prassintir u arlegre da minha saligada baía di drublin i a currenti marrítmica sobri minha emboucadura.

Anon! Onon! mi conta mais. Mi conta cada detalhi. Queru sabê tudinhu. Inté u qui feiz us olêru sinfiar dentru das cova. I pruquê us remu foram evitadu. Essa febrenta maleita tá mi matanu. Si a cavarga dura mas mi atura. Seríamus bundukianus cum askariganus. Beim, agora veim a parti du incubadô d'-avelã. Dispois du Clondal a Pousada Real. Im brevi istarêmu lá cu'a refrescagi. Quantus alivinu ela têvi nessa brincadêra? Nãum possadivinhá issu. Só sei pur pertu. Alguns dizi qui ela têvi trêis algarismu completu i si limitô-si a centionzi, um pur-um maizum, centidèizium. Mil fi zerum, todu pacóti? Nãum vai tê ispaçu nu kirkitériu. Ela num cunségui sialembrá da mitadi dus nomi di batismu quiela botô nelis pela graxa das suas punhetada di bispu das infalívi chinelada, uma canelada pra Kund i capaz quioutra pra Eyolf i quasi nada pra Yakof Sim. Uns centiquantu? Fizeru beim im recristificá suas Pluhurabelle. Oh, Loreley! Quantum loddun londa. Balbu rio! Mas tá inscritu nas carta quiela vai isparramar

[202]

more and merrier, twills and trills, sparefours and spoilfives, nordsihkes and sudsevers and ayes and neins to a litter. Grandfarthring nap and Messamisery and the knave of all knaves and the joker. Heehaw! She must have been a gadabount in her day, so she must, more than most. Shoal she was, gidgad. She had a flewmen of her owen. Then a toss nare scared that lass, so aimai moe, that's agapo! Tell me, tell me, how cam she camlin through all her fellows, the neckar she was, the diveline? Casting her perils before our swains from Fonte-in-Monte to Tidingtown and from Tidingtown tilhavet. Linking one and knocking the next, tapting a flank and tipting a jutty and palling in and pietaring out and clyding by on her eastway. Waiwhou was the first thurever burst? Someone he was, whuebra they were, in a tactic attack or in single combat. Tinker, tilar, souldrer, salor, Pieman Peace or Polistaman. That's the thing I'm elwys on edge to esk. Push up and push vardar and come to uphill headquarters! Was it waterlows year, after Grattan or Flood, or when maids were in Arc or when three stood hosting? Fidaris will find where the Doubt arises like Nieman from Nirgends found the Nihil. Worry you sighin foh, Albern, O Anser? Untie the gemman's fistiknots, Qvic and Nuancee! She can't put her hand on him for the moment. Tez thelon langlo, walking weary! Such a loon waybashwards to row! She sid herself she hardly knows whuon the annals her graveller was, a dynast of Leinster, a wolf of the sea, or what he did or how blyth she played or how, when, why, where and who offon he jumpnad her and how it was gave her away. She was just a young thin pale soft shy slim slip of a thing then, sauntering, by silvamoonlake and he was a heavy trudging lurching lieabroad of a Curraghman, making his hay for whose sun to shine on, as tough as the oaktrees (peats be with them!) used to rustle that time down by the dykes of killing Kildare, for forstfellfoss with a plash across her. She thought she's sankh neathe the ground with nymphant shame when he gave her the tigris eye! O happy fault! Me wish it was he! You're wrong there, corribly wrong! Tisn't only tonight you're anacheronistic! It was ages behind that when nullahs were nowhere, in county

[202]
mais i mió, gêmius i trigêmius, disquartru i mimãecincu, nortiseiji i sulisséti i oitus i nuóvis pruma ninhada. Vovozim cuchilandu na Missamiserenta i uvaleti di todus us valetis i u curinga. Hiihóó! Ela devi di tê sidu uma gagabunda na suazépoca, comu foi, mais qui todazéla. Ela erum cardumi, diozistêji. Ela tinha flumomens nu seu fôrnu. U pesa delu di tan atus assustô a moçoila, minha vida, eu ti zamu! Mi conta, mincanta, comu ela passô pur todus essis cumpanhêru, u colar quiela feiz, a diavinali? Jogandu suas pélora diante di nossus pôrcu di Fonti-im-Monti à Marèpolis idi Marépolis inté u mar. Abraçandu um abatendu u próximu, sapatiandu um flancu sarapintandu um cais i lutandu cá i perdendu lá i claricandu nu caminhu du lesti. Waiwhou foi a premêra pissoa a aparicê? Alguéim eli era, seja quem fô, num táticu ataqui ou num só combati. Funilêru, telhêru, soudradu, marruju, Paidêru Pacíficu ou Polísticu. É issu quieu sempri tô a bêra di priguntá. Impurracima, impuxabaxu i veim pra colina du quarté generá! Foi nus anu di poucágua, adispois di Grattan ou Flood, ou quandu as camarêra tavam nu Arcu ou quandu trêis tavam hospeidandu? Fidel discubrirá di dondi veim a Dúvida comu Ninguém di Ninhumlugá incontrô u Nada. Ti cuida pra suspirá, Albertolu, Oh Considerra? Disata us fisinó da gema, Vic i Nuanci! Ela não pode pôrra mão neli nu momentu. É um longolãngu cansaminhu! Um talsalmarinhu a frenti pra remar. Ela mesma sisquivou aus anais qui seu cascaulhu era, um dinastra de Leinster, um lobu dumar, ou u qui eli fêiz ou comu ela jogô ou comu quandu pur quê ondi i queim fora deli a fordeu i comu isso foidadu à ela. Ela era só uma magrístima, pálida, doci, tímida, isguia isgueirando-si nalgum intãum, diambulandu pelu lagopratiluadu i eli era um forti cambaleanti balouçanti estranjeiradu di Curraghman, forjandu seu fenu paroqual u soli brilhava, tãum duru comum carvalhu (turfestêji cum elis!) usadu pra sussurrolhá naquela época pertu dus díqui da queda do Kildarre, pra cachoeirá e chafurdá imrriba dela. Ela pensô qui tava neafundando nu chãum cuma vergonha ninfanti quandu eli lhi deu uzólhu du tigre! Oh farta feliz! Eu quiria quifosse eli! Tu tá inrradu, currivelmenti inrradu! Num é só essa noiti quiés anaqueronística! Fazéras quias riovinas nãum curram pra ninhuris, nu cundadu

[203]

Wickenlow, garden of Erin, before she ever dreamt she'd lave Kilbride and go foaming under Horsepass bridge, with the great southerwestern windstorming her traces and the midland's grainwaster asarch for her track, to wend her ways byandby, robecca or worse, to spin and to grind, to swab and to thrash, for all her golden lifey in the barleyfields and pennylotts of Humphrey's fordofhurdlestown and lie with a landleaper, wellingtonorseher. Alesse, the lagos of girly days! For the dove of the dunas! Wasut? Izod? Are you sarthin suir? Not where the Finn fits into the Mourne, not where the Nore takes lieve of Bloem, not where the Braye divarts the Farer, not where the Moy changez her minds twixt Cullin and Conn tween Cunn and Collin? Or where Neptune sculled and Tritonville rowed and leandros three bumped heroines two? Neya, narev, nen, nonni, nos! Then whereabouts in Ow and Ovoca? Was it yst with wyst or Lucan Yokan or where the hand of man has never set foot? Dell me where, the fairy ferse time! I will if you listen. You know the dinkel dale of Luggelaw? Well, there once dwelt a local heremite, Michael Arklow was his riverend name, (with many a sigh I aspersed his lavabibs!) and one venersderg in junojuly, oso sweet and so cool and so limber she looked, Nance the Nixie, Nanon L'Escaut, in the silence, of the sycomores, all listening, the kindling curves you simply can't stop feeling, he plunged both of his newly anointed hands, the core of his cushlas, in her singimari saffron strumans of hair, parting them and soothing her and mingling it, that was deepdark and ample like this red bog at sundown. By that Vale Vowclose's lucydlac, the reignbeau's heavenarches arronged orranged her. Afrothdizzying galbs, her enamelled eyes indergoading him on to the vierge violetian. Wish a wish! Why a why? Mavro! Letty Lerck's lafing light throw those laurals now on her daphdaph teasesong petrock. Maass! But the majik wavus has elfun anon meshes. And Simba the Slayer of his Oga is slewd. He cuddle not help himself, thurso that hot on him, he had to forget the monk in the man so, rubbing her up and smoothing her down, he baised his lippes in smiling mood, kiss akiss after kisokushk (as he warned her niver to, niver to, nevar) on Anna-na-Poghue's of

[203]
di Wickenlow, jardim d'Erin, antis mesmu dela sonhá im leavar Kilbride i ispumir sob a ponti di PasstaCavalu, cum u grandi ventu dussùliduésti atormentandu seu rastru i a linha ferroviária siguindu seu trilhu, siguindu seu caminhu puraquipurali, robbeca ou pió, pra tecê i muê, alimpá ou debulhá, pur todu seu douradu liffey nus campus di cervada i penilótis du vaudocondadodibòbsta di Humphrey i drumi cum invasô wellintesudo. Alissi, us làgudus feminis dias! Pur damô das douna! És-tu? Izôda? Tens tu teza cer? Não ondiu Finn finca nu Mourne, nenhondi u Nore adoça a vida du Bloem, neim dondi u Braye disvarti u Farer, neim dadondi u Moy mudadidéia entri Cullin i Conn i entri Cunn i Collin? Ou ondi Netunu gingava i Tritonvilli remava i trêis leandrus abordavam duas heroína? Neya, narev, nen, nonni, nos! Intão lucalizadu im Ow i Ovoca? Foi ist ou eisti ou Lucan Yokan ou dondi a mão du homi nunca pôs us pé? Diga-me donde, pela premêra veiz! Vô si tu ouvê. Tu conheci u valizinhu ovaladu di Luggelaw? Beim, certa veiz residiu um eremita loucal, Michael Arklow era seu rioverendu nomi, (cum muitos suspiro aspergí suas lavababa!) i numa venerrèiável sexta-veira em junhujulhu ohtão doci, tão fresca i tão graciosa qui ela parecia Nance, a Nixie, Nanon L'Escaut, nu silênciu, dus sicômorus, todauvidus, as curvardenti qui simplismenti não pódis pará di pensá, eli mirgulhou as ambas mão recém-ungida, u caru du seu carinhu, im seus cabelu estrumanus daçafrão singimariadus, repartindu-us i acalmându-a i misturându-us, era fundescuru i amplu comu esti plântanu ruge ao plôr-du-sol. Pur aqueli lucilagu du Vali Vauclose , as arca celesti du anarcoíris arranjavam alarranjado ao redó dela. Afrodizandu galbus, seus esmeraltadu zólhu mindigavam à virginoleta. Deseju um deseju. Porque um por quê? Mauro! As sorrisadas di Letty Lerck lançam luz sobri us lourêru agora im sua dafdafnada provocanção di petrock. Maass! Mas a mújica dazounda milhíam comu mil malhas imalhadas. I Simba u Assassinodisseu Medo é mortu. Eli não cuida dissy mesmu, a sedi era sedenta neli, eli tevi quisquecê u mongi nhomem intão, isfregandu-a i annalisandu-a dicimabaixu, eli bizú seus lábiu humorrindu, beijabeiju pós beijabajo (comu priviniu seu niver pré, nunca pra, nevá) nas testa sardenta

[204]
the freckled forehead. While you'd parse secheressa she hielt her souff. But she ruz two feet hire in her aisne aestumation. And steppes on stilts ever since. That was kissuahealing with bantur for balm! O, wasn't he the bold priest? And wasn't she the naughty Livvy? Nautic Naama's now her navn. Two lads in scoutsch breeches went through her before that, Barefoot Burn and Wallowme Wade, Lugnaquillia's noblesse pickts, before she had a hint of a hair at her fanny to hide or a bossom to tempt a birch canoedler not to mention a bulgic porterhouse barge. And ere that again, leada, laida, all unraidy, too faint to buoy the fairiest rider, too frail to flirt with a cygnet's plume, she was licked by a hound, Chirripa-Chirruta, while poing her pee, pure and simple, on the spur of the hill in old Kippure, in birdsong and shearingtime, but first of all, worst of all, the wiggly livvly, she sideslipped out by a gap in the Devil's glen while Sally her nurse was sound asleep in a sloot and, feefee fiefie, fell over a spillway before she found her stride and lay and wriggled in all the stagnant black pools of rainy under a fallow coo and she laughed innocefree with her limbs aloft and a whole drove of maiden hawthorns blushing and looking askance upon her.

Drop me the sound of the findhorn's name, Mtu or Mti, sombogger was wisness. And drip me why in the flenders was she frickled. And trickle me through was she marcellewaved or was it weirdly a wig she wore. And whitside did they droop their glows in their florry, aback to wist or affront to sea? In fear to hear the dear so near or longing loth and loathing longing? Are you in the swim or are you out? O go in, go on, go an! I mean about what you know. I know right well what you mean. Rother! You'd like the coifs and guimpes, snouty, and me to do the greasy jub on old Veronica's wipers. What am I rancing now and I'll thank you? Is it a pinny or is it a surplice? Arran, where's your nose? And where's the starch? That's not the vesdre benediction smell. I can tell from here by their eau de Colo and the scent of her oder they're Mrs Magrath's. And you ought to have aird them. They've moist come off her. Creases in silk they are, not crampton lawn. Baptiste me, father, for she has sinned!

[204]

di Anna-na-Ponga. Inquantu analisava checassêca elagarrava seu sufrê. Mas ela roussô dois pé prarriba im sua própria estimonção. I manca nas tamanca desdintão. Foi kissuaicurrada cum bálsamu bantô! Oh, não era eli um padreco intrépidu? I ela não era a lascívia Livvy? Náutica Naama agoré seu naume. Dois rapaces cum carça isconcêsa passarum pur ela antis dissu, Barefoot Burn i Wallowme Wade, pictiotas da noblessa di Lugnaquillia, antis qui ela tivessi a pista dum pentêio emssua xana prescondê ou uma mãminha pratentá um canoinhêru betuladu semencioná u portêru duma barcaça búlgica. I antis di mais nada, leda, laida, todistemida, muidébil praboiá u mais belu gineti, muifrágil pra flertá cuma pluma dum cisneti, ela foi linguada purum cane, Chirripa-Chirruta, inquantu pingava seu xixi, purissimplis, na crista da colina du véio Kippure, nu cantu dus pássaru i na hora da tosquia, mas antis di tudu, pior di tudu, a inliada livinha, elaiscorregô diladu pela garganta du Diabu inquanto Sally a sua áia ressonava ressecada i, fifi fiufiu, tropicaiu sobruma vala antis dincontrá seu passo i si assentô i sacudiu-sim todas as piscinegra estagnáguas da chuva sobri uma vacumpanhêra i sissorriu-si livrinocenti cum suas pernaproar i toduma manada dispinhentus nóvuns ruborizadus i olhandu disavergonhadus prela.

Deixa-mouví u soum du nomi du harendóqui, Mtu ou Mti, alguéim foi tistimunha. I pinga-nimim purque nu flandres ela tava sardando. I mi ripinga siela tava marcelondandu ou siera uma piruquistranha quiela usava. I diqui ladu ela largô seus rubrilho prusseu prazê, distrás duésti ou difrenti pru mar? Temendou-ví u enti tão juntu ou saudandu a saldadi cum deseju ausenti? Tu tá flutuandu ou tu num tá? Oh ou veim ou vai ou vaza! Eu digu u qui tu queris sabê. Eu sei muito beim qui sabis u quieu ti digu. Rother! Gostarias qui a tampa i a guampa, fuçanhando, ieu fizéssemu trabáiu sujo du véiu lençó da Verônica. U qui tô rançandu agora pra tagradecê? Issé um aventá ouma sobrepeliz? Arran, onde tá teu nariz? Ondi tá tua goma? Essi não é u olor das vestri beneditina. Possu dizê daqui pur tua eau de Colô i pelodôr di teu odêr qui são da Sra. Magrath. I cunvinha tê-las airadu. E saíru úmidas dela. Elis são vincu di seda, não grama du crampu. Batista-me, pai, purquiela pecou!

[205]
Through her catchment ring she freed them easy, with her hips' hurrahs for her knees'dontelleries. The only parr with frills in old the plain. So they are, I declare! Welland well! If tomorrow keeps fine who'll come tripping to sightsee? How'll? Ask me next what I haven't got! The Belvedarean exhibitioners. In their cruisery caps and oarsclub colours. What hoo, they band! And what hoa, they buck! And here is her nubilee letters too. Ellis on quay in scarlet thread. Linked for the world on a flush-caloured field. Annan exe after to show they're not Laura Keown's. O, may the diabolo twisk your seifety pin! You child of Mammon, Kinsella's Lilith! Now who has been tearing the leg of her drawars on her? Which leg is it? The one with the bells on it. Rinse them out and aston along with you! Where did I stop? Never stop! Continuarration! You're not there yet. I amstel waiting. Garonne, garonne!

Well, after it was put in the Mericy Cordial Mendicants' Sitterdag-Zindeh-Munaday Wakeschrift (for once they sullied their white kidloves, chewing cuds after their dinners of cheeckin and beggin, with their show us it here and their mind out of that and their when you're quite finished with the reading matarial), even the snee that snowdon his hoaring hair had a skunner against him. Thaw, thaw, sava, savuto! Score Her Chuff Exsquire! Everywhere erriff you went and every bung you arver dropped into, in cit or suburb or in addled areas, the Rose and Bottle or Phoenix Tavern or Power's Inn or Jude's Hotel or wherever you scoured the countryside from Nannywater to Vartryville or from Porta Lateen to the lootin quarter you found his ikom etsched tipside down or the cornerboys cammocking his guy and Morris the Man, with the role of a royss in his turgos the turrible, (Evropeahahn cheic house, unskimmed sooit and yahoort, hamman now cheekmee, Ahdahm this way make, Fatima, half turn!) reeling and railing round the local as the peihos piped und ubanjees twanged, with oddfellow's triple tiara busby rotundarinking round his scalp. Like Pate-by-the-Neva or Pete-over-Meer. This is the Hausman all paven and stoned, that cribbed the Cabin that never was owned that cocked his leg and hennad his Egg. And

[205]
Astravéis di seu anéli di pesca ela si alibertô facinhu delis cum seus hipi-
hurras i suas curva'desrendada. U únicu salmonadu cum babadu na
véiapraníci. São elis, craru, eu decraru! Welland weim! Si amanhã
continuá bão queim saltitanti virá vê? Queim veim? Mi pregunta
logo uquieu não tenhu! Uzinzibicionista Belvederiânus. Im seus
quépi di cruzêru i di côris du clubi di remu. Qui zorra, qui bandu! I
qui zona, qui corja! Iaquistão suas carta di nubenti tambéim. Ellis
nu cais cum seus fiu iscarlati. Ligada ao mundu num campu cor-di-
rosa. Annan exe dispois di amostrá qui não são Laura Ke-
own. Oh, quiu diábulu torça teu pintu di sigurança! Tua filha di
Mammon, Lilith di Kinsella! Agora quenhé qui rasgô as perna das
suas carça nela? Quali perna é essa? Aquela cum us
sinu. Inxágua elas i inxuga juntu a tu! Ondieu
parei? Nunca para! Continuarração! Tu não tais láinda.
Inda to isperandu. Garonne, vai indu.

Beim, adispôs qui foi postadu nu Mericy Mendicantis Cordialis Sabba-
dia-Duming-Anti Simanalmenti (pela premêra veiz elis sujaru suas
brancas luva di pilica, ruminandu dispôis di seus jantá di frangu i
bêicon, comêlis nus mostraqui seus pensamentu ausenti i
quandu tu acabá di lê o matarial), inté mesmu u ispirru
qui neváru nus seus cabelu grisalhu sinojaru delis.
Degela, delega, sava, savuto! Punteia Hermanu Chefi Exquisitu!
Im todu lugá qui erriffôssi i incada butecu qui tiarverássi
adentru, na cid ou nu suburb ou nazárias pestilenta, na Rôsi Garralfa ou
Taverna Phoenix, Pousada Pourrada ou Hoteli dus Júda ou dondi quéqui
tu campiassi di Nannyágua ou Vartryvilla ou da
Porta Latina inté u quarteirão lottinu tu incontravas teu íkune prÁdigo
di cabeça-pra-baxu ou us comiágua chammusquiandu suas cara i Morris
oManu, nu papel di joyss inus seus turcu us terrívi, (Evro-
peahahn cheiqui habitação, iscamada sebenta i yourzêda agora
arrotandu prisuntu, Ahdahm feiz anssim, Fátima, meia vorta!)
rodapiandu i siscorandu ao redó du pub comu u peihos pipa iu uban-
jis tina cum a tripla tiara papal da cãonfraria rundandu
invorta di seu inscárpu. Comu Pati-pur-la-Nieva ou Pedru-sobriu-Maar. Estié
Hausman todu pavimentadu i impedradu, qui feiz a Cabana qui
nunca foi deli i qui galou sua pe(r)na i galinhô seu Ovu. I

[206]

the mauldrin rabble around him in areopage, fracassing a great bingkan cagnan with their timpan crowders. Mind your Grimmfather! Think of your Ma! Hing the Hong is his jove's hangnomen! Lilt a bolero, bulling a law! She swore on croststyx nyne wyndabouts she's be level with all the snags of them yet. Par the Vulnerable Virgin's Mary del Dame! So she said to herself she'd frame a plan to fake a shine, the mischiefmaker, the like of it you niever heard. What plan? Tell me quick and dongu so crould! What the meurther did she mague? Well, she bergened a zakbag, a shammy mailsack, with the lend of a loan of the light of his lampion, off one of her swapsons, Shaun the Post, and then she went and consulted her chapboucqs, old Mot Moore, Casey's Euclid and the Fashion Display and made herself tidal to join in the mascarete. O gig goggle of gigguels. I can't tell you how! It's too screaming to rizo, rabbit it all! Minneha, minnehi minaaehe, minneho! O but you must, you must really! Make my hear it gurgle gurgle, like the farest gargle gargle in the dusky dirgle dargle! By the holy well of Mulhuddart I swear I'd pledge my chanza getting to heaven through Tirry and Killy's mount of impiety to hear it all, aviary word! O, leave me my faculties, woman, a while! If you don't like my story get out of the punt. Well, have it your own way, so. Here, sit down and do as you're bid. Take my stroke and bend to your bow. Forward in and pull your overthepoise! Lisp it slaney and crisp it quiet. Deel me longsome. Tongue your time now. Breathe thet deep. Thouat's the fairway. Hurry slow and scheldt you go. Lynd us your blessed ashes here till I scrub the canon's underpants. Flow now. Ower more. And pooleypooley.

First she let her hair fal and down it flussed to her feet its teviots winding coils. Then, mothernaked, she sampood herself with galawater and fraguant pistania mud, wupper and lauar, from crown to sole. Next she greesed the groove of her keel, warthes and wears and mole and itcher, with antifouling butterscatch and turfentide and serpenthyme and with leafmould she ushered round prunella isles and eslats dun, quincecunct, allover her little mary. Peeld gold of waxwork her jellybelly and her

[206]
a turba mauldrina ao redor deli nareópage, retumbandu um bigcanhão cum seus tímpanu insurdadoris. Cuida du teu Grimm-vô! Pensa na tua mã! Hing u Hong é teu hagnômi di ju-ve! Baila um boleru, burla uma lei! Ela jurô sobri u crustistyx novi niventus quiela tava nivelada cum todus us cobristáculu delis. Pela Vulnerável Virgem Maria del Dama. Intão ela dissi prassi mesma quiela trapaçaria um planu pra fingí um brilhu, a trafaceira, du tipu qui nuncouvíssi. Qui planu? Diz dispressa, dungu seja crué! Qui meurdre ela si feiz di maga? Beim, ela pidiu imprestadu um zacu, um sacupostali di carmuça, cum a locação du alugué da lúizi disseu lampiãum, dum disseus trocafilhu, Shaum o Carteiro, intaum ela foi consultá seus bucquilivru, velhus AllMonaques, Euclidianu di Casey i u Disfili di Moda i si foi à maré pra si ajuntá na mascareti. Oh riu as riosonhas riosadinhas. Num póssu ti dizê cômu! Tá gargalhaguando pragaralho, barallho! Minnerra, minneri mina-aere, minnêrru! Oh, mas tu devis, rialmenti tu devi! Faz-miouví grurgulejá, comu um distanti gargralejá nu crepusclurrúbru dargóli! Pelu pôçu sagradu de Mulhuddart juru qui prometeria minha chança pra chegá nu paraísu atravéis du monti d'impiedadi Terry i Killy prouví tudu, cada palarva! Oh, mi deixa minhas facurdadi, mulhé, só um cadim! Si tu não gostá das minhas história sarta du barcu. Beim, faz du teu jeitu, intão. Agouva, ti senta i faiz u qui ti peçu. Sênti meu ritmo i acérta tua prôa. Avanti i apruma teu inquilíbru. Dislábia u slaney e crispa quieta. Dell-me mais-tempo. Tonga teu tempu agora. Rispira fúndu. Thuést a turriente. Divaga dipressa i segui raza. Leava-nus tuas bendita cinza daqui inté quieu isfregui as cueca du cúnegu. Fluijá. Ouwê mais. I pingapinga.

Premêru ela deixô seus cabelu falhí i flussí inté seus pé im inspirais tisviantis. Dispois, nuamãenti, ela simssabuô cum galágua im lama di pistâmia prifumosa, wuppér e lãuar, da cabeça aos pié. Inssiguida ela ingrixou as greta dissua quilha, warrugas i werrumas, molhatcheca, cum anticracanti amantegadu i turfentina i serpentima i cum folhiffey ela rushou ao rendor dilhas díris dounradas desla, quincêta, portuda sua mariazynha. Peeladu cum sua giléia di cêra daurada i seus

[207]
grains of incense anguille bronze. And after that she wove a garland for her hair. She pleated it. She plaited it. Of meadowgrass and riverflags, the bulrush and waterweed, and of fallen griefs of weeping willow. Then she made her bracelets and her anklets and her armlets and a jetty amulet for necklace of clicking cobbles and pattering pebbles and rumbledown rubble, richmond and rehr, of Irish rhunerhinerstones and shellmarble bangles. That done, a dawk of smut to her airy ey, Annushka Lutetiavitch Pufflovah, and the lellipos cream to her lippeleens and the pick of the paintbox for her pommettes, from strawbirry reds to extra violates, and she sendred her boudeloire maids to His Affluence, Ciliegia Grande and Kirschie Real, the two chirsines, with respecks from his missus, seepy and sewery, and a request might she passe of him for a minnikin. A call to pay and light a taper, in Brie-on-Arrosa, back in a sprizzling. The cock striking mine, the stalls bridely sign, there's Zambosy waiting for Me! She said she wouldn't be half her length away. Then, then, as soon as the lump his back was turned, with her mealiebag slang over her shulder, Anna Livia, oysterface, forth of her bassein came.

Describe her! Hustle along, why can't you? Spitz on the iern while it's hot. I wouldn't miss her for irthing on nerthe. Not for the lucre of lomba strait. Oceans of Gaud, I mosel hear that! Ogowe presta! Leste, before Julia sees her! Ishekarry and washemeskad, the carishy caratimaney? Whole lady fair? Duodecimoroon? Bon a ventura? Malagassy? What had she on, the liddel oud oddity? How much did she scallop, harness and weights? Here she is, Amnisty Ann! Call her calamity electrifies man.

No electress at all but old Moppa Necessity, angin mother of injons. I'll tell you a test. But you must sit still. Will you hold your peace and listen well to what I am going to say now? It might have been ten or twenty to one of the night of Allclose or the nexth of April when the flip of her hoogly igloo flappered and out toetippit a bushman woman, the dearest little moma ever you saw, nodding around her, all smiles, with ems of embarras and aues to awe, between two ages, a judyqueen, not up to your

[207]
grão dincensu i bronzenguías. I dispôis dissu ela teceu uma green
alda prusseus cabelu. Ela us prissô. Ela us trançô. Di campianagramas
idi riosflâmula, di junco i yerbas aguáticas, i di sarguêro-chorão idi
m'águas moventis. Inssiguida ela feiz suas purssêra i suas tornozelêra
i seus bracelêti i um armulêtu di cais prum colar di pedricas clicantis
i seixus rolantis i pedrocas roncantis, ricamundi rahra,
distrass dIrlanda i bugigângis du marmorrênu.
Feitissu, um surcu di fuligi im seus arejólhu, Annushka Lutetiavitch
Puffravoh, i u cremi di lilipúti prus seus labiuzim i uma pitadim
di seu istoju di maquinagi pra suas maçã-du-amurrôstru, di carmorangus inté
suas violextras, elinviô suas camarêra di bordeléris pra SuA-
fluênça, Ciriéja Grandi i Cerêija Reial, as duas primêja,
cum respectus às sua missis, ssipi y ssúri i uma solicitaçã
frivorosa siela pudia passá deli pru menikinjandu. Num chamomentu prapagá i
acendê uma viela, im Brie-on-Arrosa, voltava num xixispirrim. U cúcu badalandu
nuóvi, as cazanunciandu as nuoiva, há-um Zambozi sperandu pur Mi!
Ela dissi qui nãum durava neña mitadi di su tamañu. Antão, entãum, inté-
quinum inchaçu di suas costa vortassi, cum suaz malapostáli pindurada
im seus ombru, Anna Livia, caradostra, saiu dissúa bassìa.

Tiscré-vêla! Diapressa, pruquê naum pudias? Ferra u ferru
inquantu tá quenti. Eu nãum perdiria ela pur nada nestrinmundu. Neim pêlu
lucro du istreitu di lomba. Oceanus di gáudiu, eu màuzouvu íssiu!
Ogouwa priesto! Lestu, antis qui Júlia veija! Éshacarriegada i êsha-
masclavada, a caríshima caratrumana? Toda louramanda? Duodécimu-
quartum? Bon a ventura? Malagassy? Uqui ela tava vistindu, a piquinímpar
Oustranha? Quantas vieira elaviô, im crasca i pêsus? Equí –
tá – èla, Amnist Anna! Châmi-la calãmitati quieletrifica us lhômi.

Nemletrificaiz mas semprri a féia Fofó Necessitati quiéa mãeñãciã
dazinvençã. Vou-ti tontar um tontu. Mas déviz taquietá. Vaiz
ti calar-ti prouví beim u qui vô-ti dizê-ti agora? Di-
via dissê deiz ou vinti prazuma da madruga ou Pèrtudissu ou nu
próximAbril quandu algu istalandu veiu vindu dum istreitiglú i vibrô
na ponta duz pé duma bosquímana, a mais quirida momãe quiocê
já viu, ocenandu invorta dela, toda sonrrisso, cum êmis di embarrada
i avis di alvis, entri duazéras, uma judirrainha, quineim chelbava nus teus cu-

elb. Quick, look at her cute and saise her quirk for the bicker she lives the slicker she grows. Save us and tagus! No more? Werra where in ourthe did you ever pick a Lambay chop as big as a battering ram? Ay, you're right. I'm epte to forgetting, Like Liviam Liddle did Loveme Long. The linth of my hough, I say! She wore a ploughboy's nailstudded clogs, a pair of ploughfields in themselves: a sugarloaf hat with a gaudyquiviry peak and a band of gorse for an arnoment and a hundred streamers dancing off it and a guildered pin to pierce it: owlglassy bicycles boggled her eyes: and a fishnetzeveil for the sun not to spoil the wrinklings of her hydeaspects: potatorings boucled the loose laubes of her laudsnarers: her nude cuba stockings were salmospotspeckled: she sported a galligo shimmy of hazevaipar tinto that never was fast till it ran in the washing: stout stays, the rivals, lined her length: her bloodorange bockknickers, a two in one garment, showed natural nigger boggers, fancyfastened, free to undo: her black-stripe tan joseph was sequansewn and teddybearlined, with wavy rushgreen epaulettes and a leadown here and there of royal swansruff: a brace of gaspers stuck in her hayrope garters: her civvy codroy coat with alpheubett buttons was boundaried round with a twobar tunnel belt: a fourpenny bit in each pocketside weighed her safe from the blowaway windrush; she had a clothes-peg tight astride on her joki's nose and she kep on grinding a sommething quaint in her fiumy mouth and the rrreke of the fluve of the tail of the gawan of her snuffdrab siouler's skirt trailed ffiffty odd Irish miles behind her lungarhodes.

Hellsbells, I'm sorry I missed her! Sweet gumptyum and nobody fainted! But in whelk of her mouths? Was her naze alight? Everyone that saw her said the dowce little delia looked a bit queer. Lotsy trotsy, mind the poddle! Missus, be good and don't fol in the say! Fenny poor hex she must have charred. Kickhams a frumpier ever you saw! Making mush mullet's eyes at her boys dobelon. And they crowned her their chariton queen, all the maids. Of the may? You don't say! Well for her she couldn't see herself. I recknitz wharfore the darling murrayed her mirror. She did? Mersey me! There was a koros of drouthdropping sur-

[208]
tuvelu. Diapressa, olha prastuta i apresa tua prêsa pois quantu mais ela disputa a vida mais vívida ela reputa. Salvi-nus i téjus! Maisnada? Werrande im ourthi mundi tu já garfassi um nacu di Lambay tão grandi comu um carneiru abatidu? Si, tais cierta. Tô épte presquecer, Comu
Liviam Liddle feiz cum Louvami Longa. Da linthura dus meus juelhu, eu dissi! Ela usava tamancu cravejadu di pregu di aradu, um par di tacampu na vredadi: um chapéu di pão di açúcar cum tôpu gaudiquivíricu i uma fita di carqueja pra arnomentu iuma centena di sarpentinas dançantis i um gildouraudu brochi ispetadu neli: curujóculos bicicletantis borravam seuzóio: i um véudipeixinetis pru sóli num arruiná as ruga dusseu raiaspectu: batatornatus pinduradus pingandu dus lobus dissuas orêia: suas nuas meia rubra era salmonpintalgada: ela vistiu uma quimísa galhega di tintu neblivaipar tão dipressa quiném deu tempu didisbotá: espartilhus cereija, us rival, delineavum suas linha: suas calçola sanguilarranjada, duazinhuma, amostravum negripântanus naturais, ixtravagantes, loucos pra disatá: suas negrilistras di sua mantanjapona foi sequenssenada i alforrada dursinhus di piluça cum dragonas verdis ondulantis i inliadas aqui i ali di reais penas di cisni: uma cinta di bitucas im suas liga hayropéias: seu cossacu di codrói civí cum butãofeubetos foi circunlimitadu pur um cintu dúpru: uns quatru centavitu im cada borsu laterali pesava a sarvu du sopru du ventu: ela tinha um prendedô-di-rôpa amuntadu im seu nariz i ela cuntinuava a muê uma coisa istranha im sua bocarrante i u rrrio du flumí da cauda du uádi di sua sáia rapèclara du suli vaguiou pur cccinquenta i poucas milha irlandêsa atrás du lugarródanu.

Sinuduzinfiernu, pirdão pur tê pirdidu ela! Docegomsensu i ninguéim dismaiô! Mas im quali búzo das suas boca? Teu nazu tavacêzu? Todus quia víram disserum qui a douce delinha tava meia isquinsita. Lotsy trotsy, pula o poddle! Minha sinhôura, sêji boazinha e nãum caia nu marditu! Pobri bruxa Fenny, devi tersi charmuscadu. Kickhamdu, a mais desmazelada qui já vissi! Fazendu molhus di salmulleti prusseus mininu dubelon. Ielas a coronarum como sua reínha da caridati, todas as camarada. Di maio? Tu não mi diz! Beim, prela ela não si via. Rickunhitzí purque u quiridu mharrafora murmurrou seus inspêlhu. Ela feiz isso? Minha merseyricórdia! Houve um koru dhomeins sur-

[209]
facemen, boomslanging and plugchewing, fruiteyeing and flower-feeding, in contemplation of the fluctuation and the undification of her filimentation, lolling and leasing on North Lazers' Waal all eelfare week by the Jukar Yoick's and as soon as they saw her meander by that marritime way in her grasswinter's weeds and twigged who was under her archdeaconess bonnet, Avondale's fish and Clarence's poison, sedges an to aneber, Wit-upon-Crutches to Master Bates: Between our two southsates and the granite they're warming, or her face has been lifted or Alp has doped!

But what was the game in her mixed baggyrhatty? Just the tembo in her tumbo or pilipili from her pepperpot? Saas and taas and specis bizaas. And where in thunder did she plunder? Fore the battle or efter the ball? I want to get it frisk from the soorce. I aubette my bearb it's worth while poaching on! Shake it up, do, do! That's a good old son of a ditch! I promise I'll make it worth your while. And I don't mean maybe. Nor yet with a goodfor. Spey me pruth and I'll tale you true.

Well, arundgirond in a waveney lyne aringarouma she pattered and swung and sidled, dribbling her boulder through narrowa mosses, the diliskydrear on our drier side and the vilde vetchvine agin us, curara here, careero there, not knowing which medway or weser to strike it, edereider, making chattahoochee all to her ain chichiu, like Santa Claus at the cree of the pale and puny, nistling to hear for their tiny hearties, her arms encircling Isolabella, then running with reconciled Romas and Reims, on like a lech to be off like a dart, then bathing Dirty Hans' spatters with spittle, with a Christmas box apiece for aisch and iveryone of her childer, the birthday gifts they dreamt they gabe her, the spoiled she fleetly laid at our door! On the matt, by the pourch and inunder the cellar. The rivulets ran aflod to see, the glashaboys, the pollynooties. Out of the paunschaup on to the pyre. And they all about her, juvenile leads and ingenuinas, from the slime of their slums and artesaned wellings, rickets and riots, like the Smyly boys at their vicereine's levee. Vivi vienne, little Annchen! Vielo Anna, high life! Sing us a sula, O, susuria! Ausone sidulcis! Hasn't she tambre! Chipping her and raising a bit of a chir or a

[209]
ficiais caindu aus pedaçu, girinandu i fumascandu, frutolhandu i flor-
pastandu, im contemplação da flutuação i a undificação
di sua filimentação, relaxandu i priguiçandu im North Lazers' Waal
toda simana senguia pru Jukar Yoick, ia anssim qui a viram
serpear porraqueli caminhu marrítmicu im sua verdèrvinvernal i
obisservandu queim tava sobsseu barreti di arquidiaconeza, u peixi
di Avondale i a peixonha di Clarence, diz pranabá, Cu-mul-Etas
pra Mastru Bação: *Entri nossus dois sulciadus iu granitu quielis
tão-si animandu, suas feição foi rarefeita ou Alp tá dopada.*

Mas quali foi u jogu im sua mista bolsa bègirréta? Só u tembo
im seu tumbo ou pilipili du seu potidipementa. Saas i
taas i specis bizaas. Mas ondi diabu ela tinha pilhadu?
Antis da batralha ou adispois du balhi? Queru verifriscar na
foonte. Aubosto minha barba qui velhapena caçá! Agitaí,
vai, vai! Issé um bom velhu filhu da fruta! Prometu que vô
fazê valê a pena. I não queru dizê tarveiz. Nem mesmu
um bompra. Mi speyra pruth eu vô ti dizê-ti a veritati.

Bêim, arungirandu na línea naveneygante aringarouma elarengou
i ondulou i balouçou, driblandu seu pedregulhu atravéis dus musgu
narvadu, azálga seca du nossu ladu i a vil ervinhaca contra nóis,
curari aqui, carreray lá, sin sabê im qui mêduei ou
wisar malhar, eidereitá, pidindu ainda chatahuchichi pra todusseus
fílhiu, como Santa Claus creêndu nus pálidu i pobrinhu,
nistlingandu prouví us coraçãozinhu, seus braçu abraçandu Isola-
bella, intão correndu reconciliadus como Riemas i Riomus, comuma
flecha comu si fossi uma sieta, intão banhandu Dirty Hans cum rispingus
di saliva, cuma caixa di Natali pra cadum di seus
fílhu, cus presenti daniversáriu quielis sonhava im ganhá, uns mimu
quiela frontamenti ponhô im nossa porta. Nu capachu, pelus pórticu i
inundação dadega. Us riozim vêim à tona pra si miramar, us ingleishadinhu,
us polináuticu. Da casa di penhô inté a pira. I todus eli
invorta dela, juvenilis i ingenuínas, du limu das suas
favela i jorrandu dus poçu artesanali, raquitismo i rabeliãum, comus
mininu Sorrisi nu diqui di sua vicerreina. Viva vianna, Anninha! Ansi-
Ãnna, vivà vida! Sussurra uma sula, Oh, susuria! Ausônia sidulcis!
Não tromba nu tambre! Rascandu-a i alçandu devigarim u chilriar ou

[210]
jary every dive she'd neb in her culdee sacco of wabbash she raabed and reach out her maundy meerschaundize, poor souvenir as per ricorder and all for sore aringarung, stinkers and heelers, laggards and primelads, her furzeborn sons and dribblederry daughters, a thousand and one of them, and wickerpotluck for each of them. For evil and ever. And kiks the buch. A tinker's bann and a barrow to boil his billy for Gipsy Lee; a cartridge of cockaleekie soup for Chummy the Guardsman; for sulky Pender's acid nephew deltoid drops, curiously strong; a cough and a rattle and wildrose cheeks for poor Piccolina Petite MacFarlane; a jigsaw puzzle of needles and pins and blankets and shins between them for Isabel, Jezebel and Llewelyn Mmarriage; a brazen nose and pigiron mittens for Johnny Walker Beg; a papar flag of the saints and stripes for Kevineen O'Dea; a puffpuff for Pudge Craig and a nightmarching hare for Techertim Tombigby; waterleg and gumboots each for Bully Hayes and Hurricane Hartigan; a prodigal heart and fatted calves for Buck Jones, the pride of Clonliffe; a loaf of bread and a father's early aim for Val from Skibereen; a jauntingcar for Larry Doolin, the Ballyclee jackeen; a seasick trip on a government ship for Teague O'Flanagan; a louse and trap for Jerry Coyle; slushmincepies for Andy Mackenzie; a hairclip and clackdish for Penceless Peter; that twelve sounds look for G. V. Brooke; a drowned doll, to face downwards for modest Sister Anne Mortimer; altar falls for Blanchisse's bed; Wildairs' breechettes for Magpeg Woppington; to Sue Dot a big eye; to Sam Dash a false step; snakes in clover, picked and scotched, and a vaticanned viper catcher's visa for Patsy Presbys; a reiz every morning for Standfast Dick and a drop every minute for Stumblestone Davy; scruboak beads for beatified Biddy; two appletweed stools for Eva Mobbely; for Saara Philpot a jordan vale tearorne; a pretty box of Pettyfib's Powder for Eileen Aruna to whiten her teeth and outflash Helen Arhone; a whippingtop for Eddy Lawless; for Kitty Coleraine of Butterman's Lane a penny wise for her foolish pitcher; a putty shovel for Terry the Puckaun; an apotamus mask for Promoter Dunne; a niester egg with a twicedated shell and a dynamight right for Pavl the Curate;

[210]
jarrir incada mergulhu nébliu quiela deu nusseu cul-di-sacc-abaxu ela
rába riacharriba màundi meercanduria, pobri suviní comu
di durida riocurdação i tudu praringá rusga, chulé i pé,
primeiriúrtemos, seus filhogênitu i costelifilhas, milium delis, i um pòtivime
pra cadaum. Prumá ou prajá. I chuta u cursu. Um bannamento du
funilêru i u barroumentu prispumá chá pru Gipsy Lee; um pacoti di
sopa di galu au alhiólhiu pra Chummy u Guardião; pru azedu Pender,
sobrinhácidu, drópis deltóidis, curiòsamenti fortis; uma coaxada i
uma chacoalhada i buchechas selviroxadas pra pobri Piccolina Petite MacFarlane;
um quebra-cabeça di agulhas i alfinetis i cubertas i shinas pru Casóriu, entri
elis us d'Isabel, Jezebel i Llewelyn; um nariz di bronzi
i luvas di ferru pra Johnny Walker Beg; uma bandêra papal dus
santus i listras pra Kevineen O'Dea; uma loucomotiva pra Pudge Craig
i um lebre pesadêlu pra Techertim Tombigby; pernáguas
i galochas caduma pra Bully Hayes i Hurricane Hartigan;
um coração pródigu i bizerrus gordurosus pra Buck Jones, u gorgulhu di
Clonliffe; uma fatia di pão i um intuitu inicial dum pai pra Vald i
Skibereen; um carru di passeiu pra Larry Doolin, u Baile Atha Cliath irlandêis;
uma viàge mariada num naviu du guvernu pra Tim O'Flanagan; um
piolhu i armadilha pra Jerry Coyle; torta di carni pra Andy Mac-
kenzie; um grampu di cabelu i um pratu dismola pra Penceless Peter; qui dozi
badalada procura G. V. Brooke; uma buneca afogada cum a carabai-
xada pra modesta Irmã Anne Mortimer; caichoêras na cama da Lavadêra;
culatra dos Wildairs pra Magpeg Woppington; pra Sue Dot
um olhãozão; pra Sam Dash um passu im farssu; cobra intrevada, picada
i paulada, i um vistu di catadô di víboras vaticanas pra Patsy Presbys;
um reisadu toda manhã pra Standfast Dick i uma gota a cada minutu
pra Stumblestone Davy; missangas du carvalhu pra biatificada Biddy; duas
banquêta di macièra pra Eva Mobbely; pra Saara Philpot um vali
jordaniano nu lacrórni; uma linda caixa di Pó di Mintirinhas pra Eileen Aruna
pra clariar seus denti i ofuscá Helen Arhone; um chicoti
pra Eddy Semley; pra Kitty Coleraine da Vereda di Butterman um
sãotavo pru seu cãontaru malucu; uma pá di betumi pra Terry u
Duendi; uma máscara apotâmica pra Promoter Dunne; um ovu di páscua
cum a casca didatada i uma justa dinamuita pra Paul u Cura;

[211]

a collera morbous for Mann in the Cloack; a starr and girton for Draper and Deane; for Will-of-the-Wisp and Barny-the-Bark two mangolds noble to sweeden their bitters; for Oliver Bound a way in his frey; for Seumas, thought little, a crown he feels big; a tibertine's pile with a Congoswood cross on the back for Sunny Twimjim; a praises be and spare me days for Brian-the Bravo; penteplenty of pity with lubilashings of lust for Olona Lena Magdalena; for Camilla, Dromilla, Ludmilla, Mamilla, a bucket, a packet, a book and a pillow; for Nancy Shannon a Tuami brooch; for Dora Riparia Hopeandwater a cooling douche and a warmingpan; a pair of Blarney braggs for Wally Meagher; a hairpin slatepencil for Elsie Oram to scratch her toby, doing her best with her volgar fractions; an old age pension for Betty Bellezza; a bag of the blues for Funny Fitz; a Missa pro Messa for Taff de Taff; Jill, the spoon of a girl, for Jack, the broth of a boy; a Rogerson Crusoe's Friday fast for Caducus Angelus Rubiconstein; three hundred and sixtysix poplin tyne for revery warp in the weaver's woof for Victor Hugonot; a stiff steaded rake and good varians muck for Kate the Cleaner; a hole in the ballad for Hosty; two dozen of cradles for J.F.X.P. Coppinger; tenpounten on the pop for the daulphins born with five spoiled squibs for Infanta; a letter to last a lifetime for Maggi beyond by the ashpit; the heftiest frozenmeat woman from Lusk to Livienbad for Felim the Ferry; spas and speranza and symposium's syrup for decayed and blind and gouty Gough; a change of naves and joys of ills for Armoricus Tristram Amoor Saint Lawrence; a guillotine shirt for Reuben Redbreast and hempen suspendeats for Brennan on the Moor; an oakanknee for Conditor Sawyer and musquodoboits for Great Tropical Scott; a C3 peduncle for Karmalite Kane; a sunless map of the month, including the sword and stamps, for Shemus O'Shaun the Post; a jackal with hide for Browne but Nolan; a stonecold shoulder for Donn Joe Vance; all lock and no stable for Honorbright Merreytrickx; a big drum for Billy Dunboyne; a guilty goldeny bellows, below me blow me, for Ida Ida and a hushaby rocker, Elletrouvetout, for Who-is-silvier — Where-is-he?; whatever you like to swilly to swash,

[211]
um cóllera morbus pru Homem na Cloaca; umistrela iuma liga pra Draper i Deane; pra Fogu-de-Páia i Barnar-di-Sh'au duas nobri velherrabas pradoçar u bicu; pra Oliver Bound uma caminhada im sua fritada; pra Seumas, cuca curta, uma coroa pra sissintir grandi; uma rima di tibertina cuma cruz da floresta du Congu nas costa pra Sunny Twimjim; um seji louvadu i meus dias privadu pra Brian-u-Bravo; pentiplenu di pêlu cum lubilábil deseju pra Olona Lena Magdalena; pra Camilla, Dromilla, Ludmilla, Mamilla, um baldi, um pacóti, um livru i um trabissêru; pra Nancy Shannon um broochi Tuami; pra Dora Riparia Hopeandwater uma ducha fria i uma frigidêra quenti; um par dagradus Blarjulantis pra Wally Meagher; um lápinis di pentelhu pra Elsie Oram coçar u tóba, fazendu seu melhó cum suas fracção vulginaris; uma pensão pur velhici pra Betty Bellezza; um sacu dianil pra Funny Fitz; uma Missa pro Messa pra Taff di Taff; Jill, a colhé da molhé, pra Jack, u caldu dum calroto; uma Fecha-feira di Rogerson Crusoé pru Caducus Angelus Rubiconstein; trezentuzitrintisseis ponta di popetina pra cadevanêiu durdidura na textura pra Victor Hugonot; um ancinho bem mansinho i um porquinhu pintalgadu pra Kate a Faxinêra; uma covada na balada pra Hosty; duas dúza di berçu pra J.F.X.P. Coppinger; deiz pau nu ponto pru celêru du delfim cum cincu pasquim rasgadu pra Infanta; uma carta pra durá a vida intêra pra Maggi além du cinzêru; a mulhé mais robusta cuas carni congelada di Lusk inté Livienbad pru Felim u Barsêru; i paiz i isperanza i xaropi di simpóziu pru decaídu i cegu i gotosu Gough; uma mudança di navis i joycenfermitatis pra Armoricus Tristram Amoor Saint Lawrence; uma camisa guilhotinada pra Reuben Redbreast i suspendentis di cânhamu pra Bren-nan nu Moor; um juêiucônnicu pra Conditor Sawyer i mos-cadiboi pra Great Tropical Scott; um pidúnclu C3 pra Karma-lite Kane; um mapa sem sol du mêis, incluindu a ispada i us sêlu, pra Shemus O'Shaun u Cartêru; um chacal im peli di Browne sem Nolan; um ômbrudúru comu pedra pra Donn Joe Vance; tudu cerradu i sim istáblu pra Honorbright Merreytrickx; um tamborão pra Billy Dunboyne; um fóli douriculpadu, sub-mi sópri-mi pra Ida Ida i um berçolouçanti calmanti, Ellitròuvatout, pra Quem-é-silvier – Onde-li-tá?; u qui qué qui tu gosti pra bebê i lavá,

[212]

Yuinness or Yennessy, Laagen or Niger, for Festus King and Roaring Peter and Frisky Shorty and Treacle Tom and O. B. Behan and Sully the Thug and Master Magrath and Peter Cloran and O'Delawarr Rossa and Nerone MacPacem and whoever you chance to meet knocking around; and a pig's bladder balloon for Selina Susquehanna Stakelum. But what did she give to Pruda Ward and Katty Kanel and Peggy Quilty and Briery Brosna and Teasy Kieran and Ena Lappin and Muriel Maassy and Zusan Camac and Melissa Bradogue and Flora Ferns and Fauna Fox-Goodman and Grettna Greaney and Penelope Inglesante and Lezba Licking like Leytha Liane and Roxana Rohan with Simpatica Sohan and Una Bina Laterza and Trina La Mesme and Philomena O'Farrell and Irmak Elly and Josephine Foyle and Snakeshead Lily and Fountainoy Laura and Marie Xavier Agnes Daisy Frances de Sales Macleay? She gave them ilcka madre's daughter a moonflower and a bloodvein: but the grapes that ripe before reason to them that devide the vinedress. So on Izzy, her shamemaid, love shone befond her tears as from Shem, her penmight, life past befoul his prime.

My colonial, wardha bagful! A bakereen's dusind with tithe tillies to boot. That's what you may call a tale of a tub! And Hibernonian market! All that and more under one crinoline envelope if you dare to break the porkbarrel seal. No wonder they'd run from her pison plague. Throw us your hudson soap for the honour of Clane! The wee taste the water left. I'll raft it back, first thing in the marne. Merced mulde! Ay, and don't forget the reckitts I lohaned you. You've all the swirls your side of the current. Well, am I to blame for that if I have? Who said you're to blame for that if you have? You're a bit on the sharp side. I'm on the wide. Only snuffers' cornets drifts my way that the cracka dvine chucks out of his cassock, with her estheryear's marsh narcissus to make him recant his vanitty fair. Foul strips of his chinook's bible I do be reading, dodwell disgustered but chickled with chuckles at the tittles is drawn on the tattlepage. Senior ga dito: Faciasi Omo! E omo fu fò. Ho! Ho! Senior ga dito: Faciasi Hidamo! Hidamo se ga facessà. Ha! Ha! And Die Windermere

[212]
Yuinness ou Yennessy, Laagen ou Niger, pra Festus King i
Roaring Peter i Frisky Shorty i Treacle Tom i O. B.
Behan i Sully i Thug i Master Magrath i Peter Cloran
i O'Delawarr Rossa i Nerone MacPacem i queim tu
tivé chanci dincontrá zanzandu puraí; i um balão di bixiga di leitão pra
Selina Susquehanna Stakelum. Mazuqui ela deu pra Pruda
Ward i Katty Kanel i Peggy Quilty i Briery Brosna i
Teasy Kieran i Ena Lappin i Muriel Maassy i Zusan Camac
i Melissa Bradogue i Flora Ferns i Fauna Fox-Good-
man i Grettna Greaney i Penelope Inglesante i Lezba
Licking comu Leytha Liane i Roxana Rohan cum Simpática
Sohan i Una Bina Laterza i Trina La Mesme i Philomena
O'Farrell i Irmak Elly i Josephine Foyle i Snakeshead
Lily i Fountainoy Laura i Marie Xavier Agnes Daisy
Frances de Sales Macleay? Elha lhis deu a filha di todas madri
uma dãmadanôiti i uma viñalinhagem: mas as uva qui amaduréci antis
da ristação nóis adividi cum vinhetêru. Anssim im Izzy, sua cama
nteira, u amor shauntilou antis di suas lágrima comu as di Shem, seu penatênti,
a vida passô surjandu seu apogeu.

Meu coloninhu, whardá cum sacu cheiu! Uma dúza di padeirim cum dízimu
dinhápa pragradá. Issu é u qui tu chama di contu dum barril! E Mer-
cadu Hibernonianu! Tudu issu i muintu mais pur baxo dum inve-
lópi di crinolina si tu tiatrevê a quebrá u sêlu du barril di pôrcu. Nãum
madimíru quielis tenha fugidu dessa praga du pison. Atira-nus teu sabon
hudson pela honra di Clane! A provinha di xixi d'água qui resta. Ti tragu
di vorta na premêra jangada du marne, Merced mulde! Ah, i num sisqueça
du anil quieu ti dei. Tu tens todus us redemunhu du teu ladu corr-
ienti. Beim, eu tenhu curpa purissu, si tenhu? Queim dissi quiés curpada
dissu, si és? Tu tais nas banda mais mansa. Eu tô nu margrossu.
Só cones di rapé flutuam nu meu rumu qui u craca dvina
lança fora di sua batina cum seus esthèrianus narcisus
du breju pra fazê elis recontá suas fieira di vaidadi. Sigu lendu as tira sórdida
di sua bíblia di chinuca, muitaborrecidas mas còcórrindu
cum us títlu desenhadu nas fôia di rostu. Senior ga
dito: Faciasi Omo! E omo fu fô. Ho! Ho! *Senior ga dito: Faciasi*
Hidamo! Hidamo se ga facessà. Ha! Ha! I *Die Windermere*

[213]

Dichter and Lefanu (Sheridan's) old House by the Coachyard and Mill (J.) On Woman with Ditto on the Floss. Ja, a swamp for Altmuehler and a stone for his flossies! I know how racy they move his wheel. My hands are blawcauld between isker and suda like that piece of pattern chayney there, lying below. Or where is it? Lying beside the sedge I saw it. Hoangho, my sorrow, I've lost it! Aimihi! With that turbary water who could see? So near and yet so far! But O, gihon! I lovat a gabber. I could listen to maure and moravar again. Regn onder river. Flies do your float. Thick is the life for mere.

Well, you know or don't you kennet or haven't I told you every telling has a taling and that's the he and the she of it. Look, look, the dusk is growing! My branches lofty are taking root. And my cold cher's gone ashley. Fieluhr? Filou! What age is at? It saon is late. 'Tis endless now senne eye or erewone last saw Waterhouse's clogh. They took it asunder, I hurd thum sigh. When will they reassemble it? O, my back, my back, my bach! I'd want to go to Aches-les-Pains. Pingpong! There's the Belle for Sexaloitez! And Concepta de Send-us-pray! Pang! Wring out the clothes! Wring in the dew! Godavari, vert the showers! And grant thaya grace! Aman. Will we spread them here now? Ay, we will. Flip! Spread on your bank and I'll spread mine on mine. Flep! It's what I'm doing. Spread! It's churning chill. Der went is rising. I'll lay a few stones on the hostel sheets. A man and his bride embraced between them. Else I'd have sprinkled and folded them only. And I'll tie my butcher's apron here. It's suety yet. The strollers will pass it by. Six shifts, ten kerchiefs, nine to hold to the fire and this for the code, the convent napkins, twelve, one baby's shawl. Good mother Jossiph knows, she said. Whose head? Mutter snores? Deataceas! Wharnow are alle her childer, say? In kingdome gone or power to come or gloria be to them farther? Allalivial, allalluvial! Some here, more no more, more again lost alla stranger. I've heard tell that same brooch of the Shannons was married into a family in Spain. And all the Dunders de Dunnes in Markland's Vineland beyond Brendan's herring pool takes number nine in yangsee's hats. And one of Biddy's

[213]
Dichter i Lefanu (di Sheridan) véia *House by the Coachyard* i
Mill (J.) *On Woman* cum *Ditto on the Floss*. Iá, um charrcu prra Alt-
muehler i uma petrra prra sua penúchi. Sei cum qui força móvim
suas roda. Minhas mão tão azuli di friu entri uiski i soda comu
aqueli pedaçu di porcelanalí, logabáxu. Oundi tá?
Ali junto à junça, eu vi. Riamarelu, minha dô, eu perdi
ela! Aidimim! Cum essa árgua turva queim podi vê? Tão perto i
inda tão longi! Mas Oh, gihondi! Âmoro só tagarelá. Pudia ouví mais
i moravá dinovu. Chovii ssóbru riiiu. Moscas só fazi flaná. Denssa
ié a minha vida.

Beim, tu sabis ou não kenessis ou não ti dissi qui
cada contu tem um pontu i essi é u deli i u dela. Mire-
veja, u anoitecê tá si tecendu. Meus ramu altu tão raizandu.
I meu tronu frio ficô cinzentu. Qui orrassãum? Canolhas! Quièra é essa?
Tá sãon tardi! Faiz infinilhão desdiquieu ou algoém virum
u riológio da Casa D'águas. Elis levarum im pedaçus. Eu susprofundei.
Quandu vãum retaumar? Oh, minhas costas, minhas costas, minhas cota!
Quiria ir pra Aches-les-Pains. Pingpong! Eis as Bella
Seixouras! I a Concepta Faiz-nóis-rezá! Pang! Tórci as
rôpa! Tórci norvalhu! Godavári, invérti a chuva! I
dá thàya graça! Améin. Istendemu agoraqui? Eia,
vâmu. Flip! Istêndi na tua margi ieu istêndu a minha na minha.
Flep! É u qui tô fazendu. Instendêndu! Tá batêndu um friu. Der wentu wem
windo. Vou botá argumas pedra nus lençó da posada. Um homi i sua noiva
entribraçadus nelis. Sinão eu só teria burrifadu i dobradu elis.
I vô pindurá meu aventá daçoguêru aqui. Inda dá tempu. Us
andarilhu vão passá puraqui. Seis túlha, déiz lênçu, nóvi pra mantê
u fôgu i essizím pru dimdím, us guardanapu du convêntu, dozi, um
xali di bebê. A boua mãe Jossípha sàbi, ela díssi. Quali
cabeça? Murmãim ressona? Deussilencia! Uandagora tão us fíu della,
diz? Nurreinu sifôru ou nu podê vortáru ou na grória elis-
siafastáru? Allalivial, allalluvial! Uns aqui, mais não mas, mais
dinovu perdidus allistranja. Ouví dizê qui u mesmu ramu dus
Shannons si casárussi numa famía n'Ispanha. I todus us Dun-
ders di Dunnes na Viñelândia di Marklândia aléim da piscina d'arênqui
di Brendam levavum u númeru nóvi nus chapéu dyangtzé. I uma das missanga

[214]
beads went bobbing till she rounded up lost histereve with a marigold and a cobbler's candle in a side strain of a main drain of a manzinahurries off Bachelor's Walk. But all that's left to the last of the Meaghers in the loup of the years prefixed and between is one kneebuckle and two hooks in the front. Do you tell me that now? I do in troth. Orara por Orbe and poor Las Animas! Ussa, Ulla, we're umbas all! Mezha, didn't you hear it a deluge of times, ufer and ufer, respund to spond? You deed, you deed! I need, I need! It's that irrawaddyng I've stoke in my aars. It all but husheth the lethest zswound. Oronoko! What's your trouble? Is that the great Finnleader himself in his joakimono on his statue riding the high horse there forehengist? Father of Otters, it is himself! Yonne there! Isset that? On Fallareen Common? You're thinking of Astley's Amphitheayter where the bobby restrained you making sugarstuck pouts to the ghostwhite horse of the Peppers. Throw the cobwebs from your eyes, woman, and spread your washing proper! It's well I know your sort of slop. Flap! Ireland sober is Ireland stiff. Lord help you, Maria, full of grease, the load is with me! Your prayers. I sonht zo! Madammangut! Were you lifting your elbow, tell us, glazy cheeks, in Conway's Carrigacurra canteen? Was I what, hobbledyhips? Flop! Your rere gait's creakorheuman bitts your butts disagrees. Amn't I up since the damp dawn, marthared mary allacook, with Corrigan's pulse and varicoarse veins, my pramaxle smashed, Alice Jane in decline and my oneeyed mongrel twice run over, soaking and bleaching boiler rags, and sweating cold, a widow like me, for to deck my tennis champion son, the laundryman with the lavandier flannels? You won your limpopo limp fron the husky hussars when Collars and Cuffs was heir to the town and your slur gave the stink to Carlow. Holy Scamander, I sar it again! Near the golden falls. Icis on us! Seints of light! Zezere! Subdue your noise, you hamble creature! What is it but a blackburry growth or the dwyergray ass them four old codgers owns. Are you meanam Tarpey and Lyons and Gregory? I meyne now, thank all, the four of them, and the roar of them, that draves that stray in the mist and old Johnny MacDougal along with

proi Biddy bimbalhô inté quiéla compretô a úrtema danubhistória cuma
calêndula i sebu di sapatêru inhuma tensãum laterali dum drênu principali
dhomijândris pertu duCa'lminhu di Bachelor. Mas tudu qui restô
purúrtemu dus Meaghers nu lúpu dus ânus prefixadus i entrimiadus
foi uma fivelincurvada cum anzóli na ponta. Tu mi conta issó
agora? Ti dígu im vredadi. Orára pur Órbi i pur LazÂnimas!
Ussa, Ulla, somus todus sumbras! Mezha, não ouvíssi um dilúvu di
veiz, ufa i lufa, raspand a margi? Tu ata, tu eta! Eu
fartu, eu furta! Issu tá irraudiandum furu nas minhas aaurelha. Tudu
menas silenciá u zoum du lethes. Oronôku! Qualié teu probrêma?
É eli mesmu, u grandi Finnlíder im seu juaquimônu iím sua istáuta
cavalauguandu seu cavalaltu ali pinduradu? Pai das Lontra, é eli
mêrmu! Yonne essa! Isset aquela? Im Fallareen Common? Tu
tais pensandu nu Amphitheiatru di Astley ondi u pulíça timpidiu
di fazê bi-cu-docinhu pru fantálvo cavalu dus Peppers.
Tira as teiadiarãña dus teuzóiu, muié, i istêndi beim
tuas rôpa lavada! Conheçu beim u teu tipu di dislêxu. Flap!
Irlanda sóbria é Irlanda sôrta. Sinhô ti projéti, María, xêia de gráxa,
ù penhôr é cumígu! Tuas préci. Iêu Sonhêit zó! Madammãitêus!
Ondi tais levantandu us cutuvelu, nus diz, cara di pau, na canteena
Carrigacurra du Conway? Ieu èruquê, ancamanca? Flop!
Tua marcha réra crecoreumânica mordi tua bunda discrèta. Nãum
stô dipé dezdu dizamanhecê, martharizada maria allacoqui, cum purso
di Corrigan i vêias varicusas, meu veleixo armaxadu, Alice
Jane im declínu meu vira-lati cãolhu duas vêiz astropeladu, insopându
i branquiãndu trápu iscardádu, i suãndu fríu, uma viúva comueu,
pra cubrí meu fílhu campião di tênis, u lavadêru cuas
franela da lavandiêra? Tu ganhassi teu limpôpu côxu dus hussardu
rúdi quandu Collaris i Cúffus erãum uzherdêro da cidati i tua
carlúnia trouxi a caartinga pra Carlow. Sanctu Iscamandru, Issár issu dinôvu!
Pertu das queda d'ôuru. Icis cunoscu! Saintas di lúzi! Zêzere! Reduz
teu ruíndu, hamílde criaturra! Uquié isso sinãúm curtívu
d'amóra nêgra ou u burru bundacinzentu qui us quatru véiu doidím têm.
Tu denomeanams Tarpey i Lyons i Gregory? Denominagora,
gracias a todus, aus quatru, iu úrru dêlis, qui arrastra
aqueli vadíu pela bruma i u velhu Johnny MacDougal juntu cum

[215]

them. Is that the Poolbeg flasher beyant, pharphar, or a fireboat coasting nyar the Kishtna or a glow I behold within a hedge or my Garry come back from the Indes? Wait till the honeying of the lune, love! Die eve, little eve, die! We see that wonder in your eye. We'll meet again, we'll part once more. The spot I'll seek if the hour you'll find. My chart shines high where the blue milk's upset. Forgivemequick, I'm going! Bubye! And you, pluck your watch, forgetmenot. Your evenlode. So save to jurna's end! My sights are swimming thicker on me by the shadows to this place. I sow home slowly now by own way, moyvalley way. Towy I too, rathmine.

Ah, but she was the queer old skeowsha anyhow, Anna Livia, trinkettoes! And sure he was the quare old buntz too, Dear Dirty Dumpling, foostherfather of fingalls and dotthergills. Gammer and gaffer we're all their gangsters. Hadn't he seven dams to wive him? And every dam had her seven crutches. And every crutch had its seven hues. And each hue had a differing cry. Sudds for me and supper for you and the doctor's bill for Joe John. Befor! Bifur! He married his markets, cheap by foul, I know, like any Etrurian Catholic Heathen, in their pinky limony creamy birnies and their turkiss indienne mauves. But at milkidmass who was the spouse? Then all that was was fair. Tys Elvenland! Teems of times and happy returns. The seim anew. Ordovico or viricordo. Anna was, Livia is, Plurabelle's to be. Northmen's thing made southfolk's place but howmulty plurators made eachone in person? Latin me that, my trinity scholard, out of eure sanscreed into oure eryan! Hircus Civis Eblanensis! He had buckgoat paps on him, soft ones for orphans. Ho, Lord! Twins of his bosom. Lord save us! And ho! Hey? What all men. Hot? His tittering daughters of. Whawk?

Can't hear with the waters of. The chittering waters of. Flittering bats, fieldmice bawk talk. Ho! Are you not gone ahome? What Thom Malone? Can't hear with bawk of bats, all thim liffeying waters of. Ho, talk save us! My foos won't moos. I feel as old as yonder elm. A tale told of Shaun or Shem? All Livia's daughtersons. Dark hawks hear us. Night! Night! My ho head halls. I feel

[215]
elis. É aqueli ú faróli di Poolbeg lálém, farfarilhandu, ou um botifogadu costiandu pertu di Kishtna oum brílhiu quieu veju dentru duma bársa ou meu Garry vortandu das Índuas? Ispéra inté a melífluna, amor! Mórri evéspera, evinha, morra! Vêmu essa marravilha im teuzói. Nus verrêmu dinôvu, partirrômulu mais uma veiz. U pontu eu vô buscá si a hora tu achá. Minha carta brilha árta dôndia azúli via láctia faiz a curva. Mi perdoa lógu, tô indu! Tuchau! I tu, dispena teu riológico, nãumisqueci. Teu ivenlódi. Anssim ti sárva inté u finn da jurunada! Minhas vista tão nadandu mais turva sombri mim pelas sombra dessi lugá. Eu sóu vou lenta pra casa agoura du meu módu, riachuindu. Towindu tumém, meutinal.

Ah, mas di quarqué jeitu ela era uma véia isquisita, Anna Livia, cacalhada! I craru qui eli era um véio camarada tambéim, Distintu Duplinense Danadu, padastru di finnlhus i finnlhas. Velhusca i velhoti somus todus essis vês. Eli não tinha seti dama pra disposá? I cada damãe tinha suas seti muleta. I cada muleta tinha essas seti matizi. I cada matizi tinha um bradu distintu. Cerva pra mim i ceia pra ti i a conta du dotô pra Joe John. Dantis! Durantis! Eli si casô cum suas marguéti, rélis pur élis, eu sei, comu quarqué Etruscu Católicu Heréticu, cum suas ròsilimonadas túnica crêmi i suas marva turquindiana. Mas na miguèlimissa queim foi a ispousa? Intão tudo qui foi foi chiquis. Silenti Elvenlândia! Tempus dabundância i retornus felizis. U seimesmu dinovu. Ordovico ou viricordo. Anna era. Livia é. Plurabelle será. As coisa dus nórdicu moldáru u povu sulista mas quãumulti pluratóris fizéru cadum im pessoa? Mi latiniza issu, minha trindadi acadêmica, disfóra du têuri sanscrêdu pra drentru dunóssu eryânus! Hircus Civis Eblanensis! Tinha papinhas caprinas neli, fofinhas prozórfão. Hô, Sinhô! Gêmius di sua gêma. Sinhô, sarva-nóis! I-ho! He-i? Qui todus us hômeins. Ardenti? Tuas riomanssas filhas di. Uquiê?

Nãouvo as águas di. As trementis águas di. Murcegus rascantis, pigarratus tagarelantis. Ho! Não fossi pra acasa? Qui Thom Malone? Não pòssouví cum a tagaralici dus murcegu, todas as liffeyndu águas di. Ho, afala nus sárva! Môos pé nãum si muóvi. Mi sintu tãum idosu côlmum ôlmum. Um contu contadu por Shaun ou Shem? Todus filhasfilhus di Livia. Falcães das treva nuzôuvam. Noiti! Noiti! Minha oh cabeça córri. Missiêntu

[216]
as heavy as yonder stone. Tell me of John or Shaun? Who were Shem and Shaun the living sons or daughters of? Night now! Tell me, tell me, tell me, elm! Night night! Telmetale of stem or stone. Beside the rivering waters of, hitherandthithering waters of. Night!

[216]

tão pesada comu làquela pedra. Mi fala di Jãum ou Shaun? Quiem foraum Shem i Shaun, us vivifilhus ou filhas di. Noiti agora!
Mi diz, mi diz, midizalmu. Noiti naiti! Contumcontu di troncu ou piedra. Junto às rioindo águas di, induivínduas águas
di. Noiti!

POSFÁCIO

IPSUM VERUM ET FACTUM CONVERTUR

por Crosué de Oliveira

Se non è vero è molto ben trovato
Giordano Bruno

(...) mi conta tudu tudu sobre Anna Lívia

Devotado a *Anna Livia Plurabelle*, o capítulo 8 de *Finnegans Wake* fecha o ciclo que se iniciou no capítulo 5; dividida em três partes[1], a história é bem conhecida, James Joyce a descreveu como:

> um diálogo coloquial por sobre o rio, de duas lavadeiras que, quando a noite cai, se transformam em árvore e pedra. O rio chama-se Anna Liffey. Algumas das palavras

[1] TINDALL, William York. *A reader's guide to Finnegans Wake.* Farrar Straus & Giroux: New York, 1969. p. 144.

> no começo são um híbrido de dinamarquês-inglês. Dublin é uma cidade fundada por vikings.[2]

A ideia teria lhe surgido durante uma viagem a Chartres[3].

Embora considerado como um mero exercício de narcisístico nonsense por alguns (entre eles Ezra Pound que classificou o *Work in progress* de Joyce como *Work in regress*[4]), Joyce defendia-se quanto ao *Finnegans Wake* argumentando que:

> Críticos que apreciaram o Ulisses estão se queixando do meu novo trabalho. Não o podem entender, por isso dizem que não tem sentido. Se fosse sem sentido poderia ser escrito depressa, sem pensamento, dores, sem erudição; mas eu lhe asseguro que essas vinte páginas agora diante de nós me custaram mil e duzentas horas e um imenso gasto de espírito.[5]

A razão de se ler um livro supostamente ilegível e a relativa antipatia gerada pela obra de James Joyce é provavelmente uma questão de cunho pessoal e intransferível[6]. Mas, como diria Ortega Y Gasset:

> Em contrapartida, a nova arte tem a massa contra si e a terá sempre. é impopular por essência; mais ainda, é antipopular. Uma obra qualquer por ela criada produz no público, automaticamente, um curioso efeito sociológico.

---

[2] ELMANN, Richard. *James Joyce*. Tradução Lya Luft. São Paulo: Globo, 1989. p. 695.

[3] Entrevista a Arthur Power, em 1953. Idem. Op. cit. Apud, p. 695.

[4] Carta de Ezra Pound a Hilaire Hiler. 10 de março de 1937. In: *Letters of Ezra Pound*. Idem. Op. cit. Apud. p. 722.

[5] Idem. Op. cit. p. 738.

[6] Remeto ao texto de Jonas Miguel Pires Samudio, *Letra e ressurreição: o corpo escrito de Anna Lívia Plurabella, de James Joyce*. Publicado na Revista Horizonte da PUC-Minas, v.15, número 48 , p. 1525-1543, de dezembro de 2017.

> Divide-o em duas porções: uma mínima, formada por reduzido número de pessoas que lhe são favoráveis; outra majoritária, inumerável, que lhe é hostil.[7]

É inegável que se trata realmente de uma obra difícil, porém, 82 anos depois (*Finnegans Wake* foi publicado em 4 de maio de 1939[8]), talvez ela possa ser bem mais palatável, embora um tanto quanto indigesta, considerando que não seja um livro *para os homens em geral, e sim para uma classe muito particular de homens*[9]. Um pouco à revelia da discussão estética por excelência que provavelmente excede o propósito deste texto e fica aqui meramente apontada de passagem, cumpre aceitar que ao leitor de Joyce e mais ainda ao leitor do *Finnegans Wake*, cabe o lado de cá da fronteira.

Isso posto como ponto pacífico, gostaria, então, de apontar algumas das iluminações que a obra de Joyce me suscitou e suscitar algumas iluminações à obra de Joyce de minha perspectiva. Considerando que desde sua publicação, a quantidade de estudos sobre o *Finnegans Wake* explorou de maneira satisfatória e contundente seus vários e multifacetados aspectos, desde interpretações hermenêuticas, escólios até análises psicanalíticas, disponíveis e ao alcance da mão, procurarei estabelecer meu ponto de vista a partir de uma outra direção, ao menos para tentar ser honesto comigo mesmo e, obviamente, honesto em relação a outros pesquisadores sobre cujo trabalho calarei, pois, provavelmente, não tenho nada a acrescentar ao que eles já disseram.

---

[7] ORTEGA Y GASSET, José. *A desumanização da arte*. Tradução de Ricardo Araújo; revisão técnica de Vicente Cecheiro. São Paulo: Cortez, 2008. p. 21.

[8] CAMPBELL, Joseph. ROBINSON, Henry Morton. *A skeleton key to Finnegans Wake*. New World Library: Novato, 2005. p. XIII.

[9] ORTEGA Y GASSET. Op. cit. p. 25.

Queim ti vendeu u contu du vilgáriu?

Em agosto de 1936 (especificamente no dia 18), James Joyce viajou para Copenhague, entre outras coisas para praticar seu dinamarquês. A essa altura, Joyce era uma celebridade e não ficou incógnito por muito tempo.

> Joyce entrou numa livraria no Edifício Politiken e pediu um livro para ser mandado ao seu hotel. O livreiro imediatamente reconheceu seu nome e mostrou-lhe que o *Ulisses* estava à venda lá, notícia que agradou a Joyce tanto quanto a informação de que *O amante de Lady Chatterly* vendera mais exemplares lhe desagradou. Por acaso o distinguido escritor dinamarquês Tom Kristensen também estava na loja, e o livreiro apresentou-o a Joyce que se lembrou de ver dois artigos de Kristensen sobre o *Ulisses*, que tinham aparecido em 1931. Convidou Kristensen para uma bebida, e até brincou com as palavras dinamarquesas "trabalhar" e "encomendar um copo de vinho" (*at bestille noget e at bestille en flaske vin*), dizendo que estava em Copenhague para fazer as duas coisas.[10]

No dia seguinte a essa casualidade, os dois se encontraram novamente e Kistensen pediu-lhe ajuda com o *Work in progress*, ao que — *Un Coup de Dés Jamais N'Abolira le Hasard* — Joyce o remeteu a Giambattista Vico e seu Scienza Nuova.

Assim como o coup de foudre para Joyce na composição de Annalivia foi a visão das lavadeiras em Chartres, esse inusitado encontro o foi para mim.

[10] ELLMANN, Richard. Op. cit. p. 852.

A convivência de Joyce e Vico durante a composição de *Finnegans Wake* e sua possível problematização, não é necessariamente uma novidade:

> O perigo está na clareza das identificações. A concepção da Filosofia e da Filologia como um par de trovadores negros saídos do Teatro dei Piccoli é reconfortante, como a contemplação de um sanduíche de presunto preparado com capricho. O próprio Giambattista Vico não conseguiu resistir à atração de tal coincidência de gesto. Ele insistiu na identificação completa entre a abstração filosófica e a ilustração empírica, anulando assim o absolutismo de cada concepção — içando o real e injustificadamente claro de seus limites dimensionais, temporalizando o que é extratemporal. E agora, aqui estou eu, com meu punhado de abstrações, entre as quais se destacam: a montanha, a coincidência dos contrários, a inevitabilidade da evolução cíclica, um sistema de Poética, e a perspectiva de auto-extensão no mundo do 'Trabalho em Progresso' do Sr. Joyce.[11]

Mas, é por essas águas que pretendo navegar.

---

[11] The danger is in the neatness of identifications. The conception of Philosophy and Philology as a pair of nigger minstrels out of the Teatro dei Piccoli is soothing, like the contemplation of a carefully folded ham-sandwich. Giambattista Vico himself could not resist the attractiveness of such coincidence of gesture. He insisted on complete identification between the philosophical abstraction and the empirical illustration, thereby annulling the absolutism of each conception – hoisting the real unjustifiably clear of its dimensional limits, temporalizing that which is extratemporal. And now, here am I, with my handful of abstractions, among which notably: a mountain, the coincidence of contraries, the inevitability of cyclic evolution, a system of Poetics, and the prospect of self-extension in the world of Mr. Joyce's 'Work in Progress'. BECKETT, Samuel. *Dante... Bruno. Vico... Joyce.* In: Our exagmination round his factification for incamination of Work in Progress. Faber and Faber: London, 1961. p. 6 (a tradução é minha).

É um longolãngu cansaminhu!

Não creio que este seja o lugar apropriado para uma discussão exaustiva da obra de Giambattista Vico (nem eu necessariamente a pessoa adequada para fazê-lo), me limitarei a algumas perspectivas e rubricas que considero interessantes como cenário ou pano de fundo da obra de Joyce, como explicarei mais tarde, falar dessa obra como um todo é simultaneamente falar de um episódio específico.

Publicado postumamente, em 1744, após duas outras edições anteriores de 1725 e 1730, *La Scienza nuova*, é um marco da filosofia "anti-racionalista". Anti-racional na medida em que, como uma tentativa de estabelecimento de um a *priori* independente do racionalismo, a filosofia de Vico não deveria ser pensada dentro do sistema cartesiano, pois nesse caso ela se tornaria *irracional* — como foi, aliás, lida pelo romantismo alemão[12], como nos explica Alfredo Bosi:

> Os românticos, fiados na empostação geral, anticartesiana, da Scienza Nuova, leram-na carregando nos tons irracionalistas. Era leitura anacrônica. Ao distinguir fala mítica e silogismo, Vico não entendia atribuir à primeira o caráter de pura e necessária ilogicidade; o que seria, afinal, uma análise ainda cartesiana dos textos heroicos, uma leitura que se moveria apenas no espaço repartido pelas coordenadas do verdadeiro e do falso. A sua posição é, ao contrário, a de quem descobriu o caráter

[12] Conferir: SAFRANSKI, Rüdiger. *Romantismo: uma questão alemã*. São Paulo: Estação Liberdade, 2010.

> próprio da atividade fantástica, por meio do estudo das fábulas e figuras inscritas nas línguas antigas. Esse caráter dispõe de uma lógica interna, nada tem de bizarro, nem de absurdo.[13]

Nesse sentido, o que Vico busca e pretende estabelecer é o fundamento das ciências humanas, sobretudo a História, consideradas "não-ciências" por serem impossíveis de serem determinadas em seus parâmetros de acordo com os princípios matemáticos então vigentes na Filosofia Moderna:

> Além disso, para Descartes, a literatura não passava de uma inútil comistão de fábulas, que não asseguravam qualquer fundo de verdade, desprovidas, como eram, de uma base epistemológica. Por outro lado, a história, além de não oferecer uma fonte imperturbada de conhecimento, acabava por alienar o historiador do presente, perdido na densa floresta do passado. Quando muito, o estudioso sabia tanto quando a serva de Cícero.[14]

Para Vico, só é possível conhecer de fato aquilo que criamos nós mesmos: *ipsum verum et factum convertur* (no fundo a matemática, por exemplo, pode ter seus princípios conhecidos pelo homem, afinal ela é uma criação humana, contudo, a natureza — uso aqui o termo em sentido lato — tem seus princípios inacessíveis ao conhecimento, podendo, no máximo, por analogia, espelhar os fenômenos, assim, a pretensão humana de dominar esse domínio

---

[13] BOSI, Alfredo. *Uma leitura de Vico.* In: O ser e o tempo na poesia. São Paulo: Cia das Letras, 2000. p. 239-240.

[14] LUCCHESI, Marco. *A Ciência Nova.* In. Teatro alquímico: diário de leituras. São Paulo: BT Acadêmica, 2018.

— com o perdão da redundância — não passa de uma ilusão, útil, porém uma ilusão. Somente Deus, que supostamente criou o mundo, tem esse tipo de conhecimento. Assim, a própria questão do status da matemática como uma ciência superior (de acordo com Descartes) fica em xeque, Vico acaba invertendo a razão e alçando as "ciências humanas" como o real conhecimento de que somos capazes e a partir disso pode estabelecer o fundamento de todas as outras ciências. Contudo, não se trata de uma hierarquização, mas de propor que além do tipo de verdade *matemática*, pode haver um outro tipo de verdade humana, há coisas para as quais a matemática não se adéqua: *O coração tem suas razões, que a razão não conhece: percebe-se isso em mil coisas*[15].

Nessa esteira, Vico faz uma diferenciação entre as ordens do conhecimento: verum, dedutivo e demonstrável, que pertence à ordem da matemática, utilizado nas "ciências naturais", sua validade é inquestionável; e certum, que diz respeito ao verossímil, âmbito das "ciências humanas".

> O certo das leis corresponde a uma obscuridade da razão sustentada apenas pela autoridade, que no-las faz resultar duras no pô-las em prática. E somos impelidos a pô-las em prática, pelo que elas têm de "certo", o que em bom latim significa "particularizado", ou, como o dizem as escolas, "individuado". Em tal sentido, certum e commune, com uma elegância propriamente latina, entre si se opõem.[16]

[15] PASCAL. *Pensamentos*. Tradução de Olívia Bauduh. São Paulo: Nova Cultural, 2005. p.104.

[16] VICO, Giambattista. *Princípios de uma Ciência Nova (acerca da natureza comum das nações.)* Seleção, tradução e notas do Prof. Dr. Antônio Lázaro de Almeida Prado. São

De certa maneira, pode-se perceber aqui um eco das diferenciações dos tipos de conhecimento propostas já por Aristóteles, entre aquilo que promove o saber (*epistemonikón*) e aquilo que promove a reflexão (*logistikón*), embora se trate de uma discussão pertinente e possível, não entrarei nessa espinhosa vertente, mas fica aqui o apontamento.[17]

O que me cabe ressaltar aqui é como Vico propõe a maneira como o homem se relaciona com o mundo, enfim, como se dispõe (*grundstimmung*[18]) a ele e a partir daí organiza seus princípios de base; no nível *temporal* (era dos deuses, era dos heróis e era dos homens); e no nível *arquitetônico* com seus sistemas simbólicos e normativos da vida social[19].

A *Era dos deuses*, segundo Vico, é caracterizada pelo silêncio de um conhecimento arcano, inefável pois pertence ao sagrado e se revela por outros meios que não a palavra, o sagrado se manifesta — e quando não se manifesta é evocado pelo ritual[20].

> A *Era heroica* (poética) supõe as relações estreitas entre a natureza e o corpo:
> Temos portanto que a sabedoria poética que foi a primeira forma de sabedoria da gentilidade, precisou de

---

Paulo: Nova Cultural, 2005. p. 92.

[17] Aos interessados: ARISTÓTELES. *Ética a Nicômaco*. Tradução de Leonel Vallandro e Gerd Borheim (da versão inglesa de W. D. Ross). São Paulo: Abril Cultural, 1979. (Sobretudo 1139a. e ss)

[18] Para um esclarecimento desse conceito, remeto a HEIDEGGER, Martin. *Os conceitos fundamentais da Metafísica: mundo. finitude, solidão*. Tradução de Marco Antônio Casanova. Rio de Janeiro, Forense Universitária, 2006. (p. 71 e ss)

[19] BOSI, Alfredo. Op. Cit. p. 234.

[20] Para maiores esclarecimentos: ELIADE, Mircea. *O sagrado e o profano: a essência das religiões*. Tradução de Rogério Fernandes. São Paulo: WMF Martins Fontes, 2010.

> começar de uma metafísica, não racional e abstrata (qual a dos nossos doutrinadores), mas sentida e imaginada (qual deve ter sidos a dos tais homens primevos, já que eles não dispunham de raciocínio algum e eram apenas robustos sentidos e vigorosíssimas fantasias, como ficou dito nas *Dignidades*. Esta foi para eles a própria poesia, que para eles constitui uma faculdade que lhes era conatural (dotados que eram de tais sentidos e de tais fantasias), provinda de uma ignorância de razões, sendo-lhes a matriz de maravilharem-se de todas as coisas.[21]

A linguagem da *Era heroica*, ainda não categorizada, se caracteriza pelo mito e uma "lógica" peculiar que faz uso de todo o aparato da imaginação para se relacionar com o mundo, em suma, impera a poesia como articuladora do que é sentido e dá sentido:

> A referência metafórica, quero lembrar, consiste no fato de que a supressão da referência descritiva — supressão que, numa primeira aproximação, remete a linguagem a si mesma — revela ser, numa segunda aproximação, a condição negativa para que seja liberado um poder mais radical de referência a aspectos de nosso ser-no-mundo que não podem ser ditos de maneira direta.[22]

Por fim, na *Era dos homens*, impera a lógica e o obscurecimento relativo ou hipoteticamente total dos dois tipos de relações originárias anteriores, pela sua tendência à síntese, a Era dos homens tende ao conceitual (desprezando as *picciole favolette*), daí sua dificuldade na

---

[21] VICO, Giambattista. Op. Cit. p.110.

[22] RICOEUR, Paul. *Tempo e narrativa.* Volume I. Tradução de Claudia Berliner; revisão da tradução de Márcia Valéria Martinez de Aguiar; introdução de Hélio Salles Gentil. São Paulo: WMF Martins Fontes, 2010. p.136.

busca vã por filosofemas escondidos na linguagem poética, sua lógica não assimila a lógica peculiar do sagrado e da poesia — ponto relevante, como veremos, no que diz respeito ao *Finnegans Wake*. A civilização é antipoética.

Para Vico, essas três eras ou idades tendem a se suceder, porém, não de um modo linear e grosseiro como se poderia interpretar à primeira vista, mas numa espécie de *espiral simultânea* em que tais idades convivem em maior ou menor grau (a ideia do ricorso).

Concomitantemente a isso, caberia pensar como um tipo de referência cruzada, a noção de temporalidade, estabelecida pela problemática temporal proposta por Santo Agostinho (*distentio animi*), o que, a despeito de aparentar ser uma suposta fornicação epistemológica, para mim (e assumo a responsabilidade) faz sentido no que diz respeito a meu escopo aqui. Diz Agostinho:

> Vou recitar um hino que aprendi de cor. Antes de principiar, a minha expectação estende-se a todo ele. Porém, logo que o começar a minha memória dilata-se, colhendo tudo o que passa de expectação para o pretérito. A vida deste meu ato divide-se em memória, por causa do que já recitei, e em expectação, por causa do que hei de recitar. A minha atenção está presente e por ela passa o que era futuro para se tornar pretérito. Quanto mais o hino se aproxima do fim tanto mais a memória se alonga e a expectação se abrevia, até que esta fica totalmente consumida, quando a ação, já toda acabada, passar inteiramente para o domínio da memória.[23]

[23] AGOSTINHO, Santo. *Confissões*. Tradução de J. Oliveira Santos , S.J.; e A. Ambrósio de Pina, S. J. São Paulo: Nova Cultural, 2004. p.337.

A *atenção* como síntese que interliga e orquestra a expectativa (futuro) e a *memória* (passado) gerando um movimento que extrapola a linearidade do tempo (o futuro deixa de estar adiante e o passado deixa de estar atrás) me soa crucial para o entendimento da noção de história (e a temporalidade intrínseca ali) de Vico, na medida em que pode ser considerada em *Finnegans Wake*.

A maneira como Joyce articula a construção de seu discurso, se utilizando do *ricorso* viquiano e do *tempo* agostiniano (nesse sentido, cabe um parêntese quanto ao fato de eu ter supostamente me afastado de minha matéria que é o *Anna Lívia Plurabelle*; de minha perspectiva cada episódio do livro se remete ao todo, todo o tempo, formando em si um microcosmo, daí que falar do ricorso no livro — de maneira geral — como um todo é falar de suas partes e vice-versa; bem como ao considerar a noção de temporalidade agostiniana — a *distentio animi* — para o todo, funciona também para as partes) me parece contundente e contumaz.

(...) Junto às riorindo águas di, induivínduas águas di. Noiti!

Como propus no início deste textículo, meu objetivo era mostrar algumas das iluminações que Joyce me proporcionou e proporcionar algumas iluminações da obra de Joyce de minha perspectiva.

O primeiro ponto que julgo interessante para a leitura de Joyce é a necessidade de uma mudança de postura na abordagem da obra, ainda que haja um entrelaçamento entre os diferentes tipos de discurso vinculados a cada uma das Eras propostas por Vico, não parece absurdo dizer que há um claro predomínio do discurso poético na construção da narrativa, entendida aqui a palavra de acordo com a acepção de Paul Ricoeur, que trata a *narrativa* ou a *intriga* como *mŷthos*[24].

Paul Ricoeur estabelece o conceito de tríplice mímese (decompondo o conceito clássico de Aristóteles) que para ele são responsáveis pela construção da totalidade da mesma.

> Quanto ao primeiro sentido da mímese (mímese I): Percebe-se, em toda a sua riqueza, qual o sentido da *mímesis I*: imitar ou representar a ação é, em primeiro lugar, pré-compreender o que é o agir humano: sua semântica, sua simbólica, sua temporalidade. É nessa pré-compreensão, comum ao poeta e a seu leitor, que se delineia a construção da intriga e, com ela, a mimética textual e literária.[25]

[24] RICOEUR, Paul. Op. Cit. p. 56.

[25] Idem. p. 112.

No que se refere a *Anna Lívia Plurabelle*, nesse nível pré-narrativo (que aporísticamente já é narrativo, dado que lemos sempre o mundo a partir de um âmbito narrativo — daí a problemática entre ficção e historiografia) temos o depoimento de Joyce de como lhe apareceu a ideia do episódio, e podemos compará-lo (e o modo como ele conta a "história" da "história") com seu resultado final e perceber claramente como ele imita (*mimetiza*) a ação e a amplitude que ele lhe dá, se utilizando de recursos claramente poéticos-heroicos — Vico ("poético" aqui não tem o sentido chão de "versinhos", mas do uso da capacidade metafórica — na acepção de Paul Ricoeur de metáfora — e expressivos que se utiliza de uma musicalidade melódico-temporal por meio do uso de todo o arcabouço de sua bória criativa), para desembocar na *mímesis II*:

> A deformação regrada constitui o eixo médio em torno do qual se distribuem as modalidades de mudança dos paradigmas por aplicação. É essa variedade de aplicação que confere uma história à imaginação produtiva e que, fazendo contraponto com a sedimentação, torna possível uma tradição narrativa. É este o último acréscimo que enriquece a relação da narrativa com o tempo no nível da *mímesis II*.[26]

Em suma, a mímesis II é a mediadora *racional*, dos aspectos narrativos e temporais, da dança dos eixos semântico e sintático e que produz o estranhamento e o reconhecimento dos elementos com os quais a obra dialoga com a tradição (*passado*, memória) e a inova (*futuro*, expectativa), modelando a "imagem das coisas" e

[26] Ibidem. p. 122.

dando-lhes a "lógica" peculiar de obra literária e seu discurso que responderá a um tipo de "verdade" não-verdadeira (*verum*, como vimos anteriormente), mas a uma verdade correta (*certum*) ou verossimilhança, não como coisa provável, mas como coisa possível, o que aponta para o conceito da *mímesis III*, quando os horizontes se fundem e a obra extraída pela *mímesis I* retorna ao mundo:

> Generalizando para além de Aristóteles, diria que a *mímesis III* marca a intersecção entre o mundo do ouvinte ou do leitor. A intersecção, portanto, entre o mundo configurado pelo poema e o mundo no qual a ação efetiva se desdobra e desdobra sua temporalidade específica.[27]

Temos assim uma visão da totalidade em duas dimensões, a primeira no âmbito da construção do *mŷthos*, a narrativa — ou intriga, como quer Ricoeur — que engloba simultaneamente a temporalidade agostiniana e a confecção dos discursos viquianos, num constante jogo de ir e vir em espiral (*ricorso*) multiplicadora de sentidos e, por que não dizer, equívocos — ao menos no que diz respeito ao "entendimento" do leitor que se baseia no conceito corriqueiro de *verum* não do de *certum* — o que pode muito bem ser uma das razões da incompreensibilidade e julgamentos negativos por Pound (!), por exemplo. Eleve-se isso das relações episódicas à totalidade e vice-versa, temos ao menos um ponto de apoio para a obra que, se não soluciona o problema da necessidade de um repertório existencial-referencial-cultural para sua decifração, certamente propõe uma afinação perceptiva dentro de uma possível hermenêutica-fruitiva.

[27] Ibidem. p. 123.

Vale, por fim, lembrar, que o próprio *Finnegans Wake* propõe por si mesmo o caminho do retorno — o fim do texto aponta para a volta ao início, como queria Joyce — o que escancara a necessidade de que o leitor se proponha a uma postura diferente do habitual, não se trata na obra de arte de adquirir o tipo de conhecimento corriqueiro, aliás nem se trata de conhecimento, mas se trata de uma espécie de percepção de mundo e percepção do livro que vá além do reconhecimento das citações e da história (como aponta Aristóteles, qualquer grego conhecia o mito por trás das Tragédias e nem por isso elas perdiam a graça), mas procure um tipo de catarse onírica:

> Como Joyce informou a um amigo mais tarde, ele concebeu esse livro como o sonho do velho Finn, deitado à morte ao lado do rio Liffey, observando a história da Irlanda e do mundo — passada e futura — fluindo pela sua mente como destroços de naufrágio no rio da vida.[28]

Quando se bota abaixo a fronteira entre corpo e mente e impera a real ruptura do consciente (o que acontece em Finnegans Wake e foi possivelmente a causa de ele ser acusado de dadaísta):

> No entanto, o sonho como espaço por excelência do espectro contém, precisamente, o ponto onde a oposição entre *physis* e nómos se torna completamente supérflua na medida em que nele ambos os domínios se superpõem completamente: ele é o lugar onde a *physis* é inteiramente

[28] ELMANN, Richard. Po. Cit. p. 670.

> atravessada pela cultura e onde o nómos se torna uma só substância com o cosmos.[29]

Onde se perca o referencial condicionado pelas facilitações do repertório estético-cultural e se alcance uma dimensão além, sempre e de novo como se Sísifo a cada subida da montanha levasse a pedra mais alto e mais alto até alcançar o Olimpo.

---

[29] ROMANDINI, Fabian Ludueña. *Princípios de espectrologia: a comunidade dos espectros II*. Tradução de Leonardo D'Avila e Marco Antonio Valentim. Cultura e Barbárie: Florianópolis, 2018. p.81-82.

REFERÊNCIAS

AGOSTINHO, Santo. *Confissões*. Tradução de J. Oliveira Santos , S.J.; e A. Ambrósio de Pina, S. J. São Paulo: Nova Cultural, 2004.

ARISTÓTELES. *Ética a Nicômaco*. Tradução de Leonel Vallandro e Gerd Borheim (da versão inglesa de W. D. Ross). São Paulo: Abril Cultural, 1979.

BECKETT, Samuel. *Dante... Bruno. Vico... Joyce*. In: Our exagmination round his factification for incamination of *Work in Progress*. Faber and Faber: London, 1961.

BOSI, Alfredo. *O ser e o tempo na poesia*. São Paulo: Cia das Letras, 2000.

CAMPBELL, Joseph. ROBINSON, Henry Morton. *A skeleton key to Finnegans Wake*. New World Library: Novato, 2005.

ELIADE, Mircea. *O sagrado e o profano: a essência das religiões*. Tradução de Rogério Fernandes. São Paulo: WMF Martins Fontes, 2010.

ELMANN, Richard. *James Joyce*. Tradução Lya Luft. São Paulo: Globo, 1989

HEIDEGGER, Martin. *Os conceitos fundamentais da Metafísica: mundo. finitude, solidão*. Tradução de Marco Antônio Casanova. Rio de Janeiro, Forense Universitária, 2006.

INDALL, William York. *A reader's guide to Finnegans Wake*. Farrar Straus & Giroux: New York, 1969.

LUCCHESI, Marco. *Teatro alquímico: diário de leituras*. São Paulo: BT Acadêmica, 2018.

ORTEGA Y GASSET, José. *A desumanização da arte*. Tradução de Ricardo Araújo; revisão técnica de Vicente Cecheiro. São Paulo: Cortez, 2008.

PASCAL. *Pensamentos*. Tradução de Olívia Bauduh. São Paulo: Nova Cultural, 2005.

RICOEUR, Paul. *Tempo e narrativa*. Volume I. Tradução de Claudia Berliner; revisão da tradução de Márcia Valéria Martinez de Aguiar; introdução de Hélio Salles Gentil. São Paulo: WMF Martins Fontes, 2010.

ROMANDINI, Fabian Ludueña. *Princípios de espectrologia: a comunidade dos espectros II*. Tradução de Leonardo D'Avila e Marco Antonio Valentim. Cultura e Barbárie: Florianópolis, 2018.

SAFRANSKI, Rüdiger. *Romantismo: uma questão alemã*. São Paulo: Estação Liberdade, 2010.

SAMUDIO,Jonas Miguel Pires. *Letra e ressurreição: o corpo escrito de Anna Lívia Plurabella, de James Joyce*. Publicado na Revista Horizonte da PUC-Minas, v.15, número 48 , p. 1525-1543, de dezembro de 2017.

VICO, Giambattista. *Princípios de uma Ciência Nova (acerca da natureza comum das nações)*. Seleção, tradução e notas do Prof. Dr. Antônio Lázaro de Almeida Prado. São Paulo: Nova Cultural, 2005.

ANNA LIVIA PLURABELLE

pólen bold 90 gr/m2
tipologia garamond
impresso no outono de 2022